Dies ist eine fiktive Geschichte. Die Personen und Handlungen sind frei erfunden. Ähnlichkeiten mit real existierenden Personen sind nicht beabsichtigt und rein zufällig. Ebenso sind die Behauptungen zu der Zusammensetzung des Gemeinderats in Magstadt ausschließlich der Dramaturgie der Geschichte geschuldet und stellen nicht die tatsächlichen Verhältnisse in Magstadt dar.

Bibliografische Information der Deutschen Nationalbibliothek:

Die Deutsche Nationalbibliothek verzeichnet diese Publikation in der Deutschen Nationalbibliografie; detaillierte bibliografische Daten sind im Internet über http://dnb.dnb.de abrufbar.

Text: *Jochen Löhlein*
Lektorat & Korrektorat: *Carmen Jennert-Löhlein*

Herstellung und Verlag: **BoD - Books on Demand, Norderstedt**
ISBN: **9783754341179**

Glaube mir, ich habe es erfahren, du wirst mehr in den Wäldern finden als in den Büchern. Bäume und Steine werden dich lehren, was Du von keinem Lehrmeister hörst.

Bernhardt von Clairvaux

Prolog

Der Magstadter Wald liegt in nord-östlicher Richtung der Gemeinde Magstadt. Er befindet sich zwischen dem romantischen Naturschutzgebiet Oberes Hölzertal und dem Maisgrabental bei Leonberg-Warmbronn. Seine höchste Erhebung ist der Warmbronner Kopf, seine schönste Ecke ist der Hölzersee, ein von Menschenhand aufgestauter kleiner See, welcher heute von Fischern und Ausflüglern genutzt wird. Der Wald ist ein schöner Mischwald, in welchem Eichen, Rotbuche, Kiefern und Fichten wachsen. Es ist ein Wald wie viele in Deutschland, Kulturlandschaft eben und nicht wirklich Wildnis, so wie fast 95 % der Wälder. Der Mensch bewirtschaftet ihn und er hat eine Vielzahl an Wegen oder Hütten angelegt und alles, aber auch wirklich alles in diesem Wald ist bekannt.

Alles?

Vielleicht doch nicht alles.

Denn manche sagen:

„Der Wald sieht alles."

15. Mai – frühmorgens

Es war ein wunderschöner Frühjahrsmorgen. Nicht wirklich kalt, vielleicht so zehn oder elf Grad Celsius im Volksmund würde man es „frisch" nennen. Über den Wipfeln des Magstadter Waldes zeigten sich ein oder zwei kleine Nebeldampf-Wölkchen, welche am Morgen entstehen, wenn die kühle Luft aus oberen Schichten auf den Boden absinkt und warme Bodenluft zwischen den Bäumen wie Dampf emporsteigt. Die Sonne ging gerade erst auf und ihre Sonnenstrahlen brachen durch das Geäst der Bäume, welche noch nicht alle dichte Blätter trugen. Die Vögel waren laut zu hören, die ruffreudigen und lauten Amseln und Kleiber, das Klopfen eines Grünspechts oder das krächzende Schreien der Rabenkrähen.

Er genoss diese Stimmung am Morgen jedes Mal aufs Neue. Das Alleinsein in der Natur war das Elixier, welches er täglich benötigte. Die Geräusche der Fauna wie das Knacken oder Rascheln, wenn etwas durchs Laub huschte, belebten seine Sinne. Er versuchte es dann zuzuordnen: Ist das nun ein Vogel, der im Laub umher huschte oder vielleicht ein Säugetier? Ein Eichhörnchen, nur eine Maus oder auch mal etwas Größeres? Ein Wildschwein würde man riechen. Es riecht nach Maggi-Kraut, würzig und intensiv. Aber ein Wildschwein oder auch Damwild ist zu scheu. Es hört den Menschen viel zu schnell und sucht lieber das Weite. Die Diskussionen über die Wiederansiedlung von Wölfen in Baden-Württemberg ließen ihn manchmal hoffen, dass der einzige bisher in Baden-Württemberg nachgewiesene Meister Isegrim ausgerechnet im Magstadter Wald umherlief. Dann schoss ihm ein kleiner Adrenalinstoß ins Blut, welcher seine Schritte beschleunigten. Wäre es nicht wunderbar, wenn er einen Wolf hier entdeckt? Er kam aus dem Maisgrabental zurück und lief nun bergauf bis zum alten CVJM Bolzplatz, an welchem der Magstadter Wald begann. Er fühlte sich frisch und fit und bog für eine kleine Schleife durch den Wald nach links ab. Zunächst lief er den Wirtschaftsweg entlang, vorbei an der Baumliege bis zur Hütte „Kern Saat Schule". An der Weggabelung nach Warmbronn bog er nach rechts in den Wald ab. Hier befand sich kein Wirtschaftsweg, sondern ein Wanderweg, welcher zum Bogenschießplatz führte. Dieser war weicher und angenehmer zu laufen. Leider fuhren die Forstarbeiter hier mit schweren Maschinen und hinterließen teils tiefe Gräben, sodass er seine Schritte verlangsamte, um nicht über eine Bodenunebenheit zu stolpern. Als er vielleicht einhundertfünfzig Meter vor dem Wegkreuz war, auf welchem er rechts zum CVJM Platz zurückkam und geradeaus zum Bogenschießplatz, sah er den Mann. Der

Mann war auf den dort direkt am Wegekreuz stehenden Jägerhochstand angebunden. Das heißt, er saß auf dem Hochstand und war scheinbar an den Beinen und den Händen angebunden. Sein Kopf war vornübergefallen und es sah so aus, als ob der Mann schliefe. Er hatte eine Hose, Stiefel und einen schweren olivfarbenen Mantel mit Fellkragen an. Zudem hatte er eine wollene Mütze auf, seine Augen waren verbunden und in seinem Mund steckte eine Art Knebel. Der Jogger näherte sich langsam und scheinbar hatte der Mann ihn jetzt gehört. Jedenfalls richtete er sich schlagartig auf. Sein Kopf bewegte sich hektisch hin und her. Man konnte durch den Knebel ein unterdrücktes Stöhnen und vielleicht eine Art „Hallo?" hören. Die Stimme des Mannes steigerte sich und je näher der Jogger kam, umso mehr verstand er von dem was der Mann unter dem Knebel stöhnte.

„Hallo? Ist da wer? Bitte helfen Sie mir!"

Der Jogger hatte noch wenige Meter und näherte sich noch immer mit vorsichtigen Schritten dieser unwirklichen Szene. Er schaute sich um, so als ob er nicht glauben könnte, was da vor ihm sich abspielte. Doch es war nichts zu sehen und zu hören.

„Bitte …" flehte der Mann weiter und es klang verzweifelt und weinerlich.

„Jaa, Jaa…ich sehe Sie ja", antwortete der Jogger endlich. „Was machen Sie um Gottes Willen denn da oben?"

Der Jogger stand jetzt vor dem Hochsitz.

„Gott sei Dank ist jemand da" konnte man gerade so vernehmen. „Bitte! Sie müssen mich losmachen."

Der Jogger sah von unten hinauf und der Mann wendete sein Gesicht mit den verbundenen Augen in seine Richtung.

„Ok, ich komm zu Ihnen hinauf."

Der Jogger stieg zwei Stufen des Hochsitzes empor und besah erst die Füße und dann die Hände, welche mit einem starken Kabelbinder angebunden waren.

Er stieg zwei weitere Stufen hinauf und entfernte den Knebel aus dem Mund des Mannes. Dieser lies ein lautes, fast endloses, aber erleichtertes Seufzen hören.

„Gott sei Dank! Gott sei Dank! Sie schickt der Himmel! Gott sei Dank!"

Der Jogger griff an den Hinterkopf des Mannes und schob die Augenbinde nach unten. Der Mann blinzelte in die Frühsonne und sah den Jogger an.

„Vielen Dank, ich bin so froh, dass endlich jemand kommt."

Seine Erleichterung war grenzenlos. Der Jogger stieg eine Stufe wieder hinab.

„Die Kabelbinder an ihren Händen und Beinen bekomme ich nicht auf. Da braucht man ein Messer oder eine Zange. Ich glaube, ich rufe erst mal Hilfe. Das Schützenhaus ist nicht weit, bis dahin kann man auf alle Fälle fahren."

Der Mann nickte. Der Jogger stieg ganz hinab und holte sein Mobiltelefon hervor und wählte die Notrufnummer.

„Hallo? Ja, ich bin hier im Magstadter Wald joggen und ich habe einen Mann gefunden. Er ist auf einem Hochsitz beim Bogenschützenhaus festgebunden. Wir brauchen einen Krankenwagen und auch die Polizei. Ich denke, hier ist ein Verbrechen passiert."

Die Zentrale fragte nochmals nach und der Jogger musste mehrfach die seltsame Geschichte bestätigen. Nachdem er seinen Namen hinterlassen hatte, wurde das Gespräch beendet.

Der Jogger wendete sich dem Mann wieder zu:

„Die Notzentrale schickt gleich einen Krankenwagen und die Polizei. Die sollten schnell da sein, wir sind ja in Deutschland. Machen Sie sich keine Sorgen, das ist gleich vorbei. Ich bleibe, bis die da sind!"

„Oh die Polizei …", flüsterte der Mann.

„Äh ja, ich denke, dass Ihnen Gewalt angetan wurde, oder?", fragte der Jogger.

„Äh ja natürlich… da brauchen wir die Polizei", flüsterte der Mann wieder. Der Jogger hatte den Eindruck, als ob dem Mann der Krankenwagen gereicht hätte. Er stieg wieder zu dem Mann hoch und begutachtete die Kabelbinder. Dabei schob er den schweren Mantel ein wenig nach oben und besah sich die Handgelenke. Der Mann war an den Kabelbindern wundgescheuert. Er stieg wieder hinab.

„Keine Sorge, die sind sicher gleich da" versuchte er den Mann zu beruhigen. "Wenn Sie wollen, können Sie mir erzählen, was passiert ist, ansonsten warten wir einfach, bis Hilfe da ist, ok?"

Doch der Mann zitterte nur, entweder weil es ihm trotz der schweren Jacke kalt war oder weil er schlicht noch unter Schock stand. Daher beließ es der Jogger mit einem Schultertätscheln und stieg wieder hinab. Unten angekommen wartete er geduldig, während der Mann nur leise stöhnte. Keine zehn Minuten später sah er ein Blaulicht beim Bogenschützenhaus. Er stellte sich auf den Wanderweg und winkte mit den Armen. Der Weg war breit genug und das Polizeiauto konnte bis zum Tatort vorfahren. Der Krankenwagen war noch nicht in Sicht. Der Polizeiwagen fuhr heran und zwei männliche Polizeibeamte stiegen aus. Der Jogger informierte sie kurz über die Situation und erklärte, dass man eine Zange oder ein Messer für das Durchtrennen des Kabelbinders benötigte. Einer der Polizisten ging zum Kofferraum des Polizeiwagens und holte eine Kneifzange hervor. Dann ging der Polizist zu dem Mann auf dem Hochsitz, stieg zwei Treppen hinauf und sagte:

„So, dann wollen wir Sie armen Teufel mal losbinden."

Er schob den schweren Fellmantel etwas hoch und zwickte den Kabelbinder an den Handgelenken durch. Der Mann hob die Arme an und der schwere Fellmantel rutschte ihm etwas von den Schultern. Jetzt sah man, dass der Mantel einerseits dem Mann viel zu groß und zudem nicht zugeknöpft war. Der Mann trug außer dem Mantel keine Oberbekleidung, sodass man jetzt einen Teil der Brust sehen konnte. Mit großen Augen betrachteten die zwei Polizisten, was auf der Brust des Mannes eintätowiert war:

15. Mai - Vormittags

Kriminalhauptkommissarin Hannah Schön drückte auf den Knopf des Kaffeevollautomaten. Der Running Gag im Fernsehen mit dem Kaffeeautomaten auf dem Flur, welcher nur eine Instantbrühe im Plastikbecher bietet, amüsierte sie jedes Mal, wenn sie sich einen Kaffee zubereitete. Hier im Büro der Kriminalinspektion 1 in Böblingen gab es selbstverständlich einen modernen Kaffeevollautomaten mit One-Touch Zubereitung, Wasserfiltertechnologie, zehn individuellen Nutzerprofilen und einem Aroma System für optimale Kaffeezubereitung (was auch immer das sein soll). Die Maschine hatte Hannah für das Team für fast 1.500 Euro angeschafft. Bei der Abrechnung der Kaffeebohnen kam sich das Team anfänglich allerdings mächtig in die Haare. Zunächst hatte man einfach Kaffeebohnen gekauft und eine Kasse eingerichtet, in welcher jeder zwanzig Euro pro Monat legen sollte. Dann hat man gemerkt, dass bei den hochwertigen Kaffeebohnen zwanzig Euro pro Kopf einfach nicht ausreichte. Als Hannah vorgeschlagen hatte eben dreißig Euro zu zahlen, beschwerten sich die Ermittlungsassistenten, dass Hannah ja viel mehr Kaffee trinken würde. Also wollten sie eine Abrechnung durchführen und erstellten hierfür eine Exceltabelle, welche zentral abgelegt werden und worin jeder seinen Kaffeekonsum tassengenau eintragen sollte. Die Tabelle hatte den Namen, Tag, Uhrzeit sowie die Kaffeeart (Espresso, Cappuccino usw.) enthalten und sollte tassengenau den jeweiligen Konsum abbilden. Im Hintergrund ermittelte eine Formel unterschiedliche Preise für die Kaffeeart. Am Monatsende konnte ein kleines Programm eine Abrechnung pro Namen ausdrucken. Hannah sprach von Stasiüberwachungsmethoden, klein kariertem Spießbürgertum und fragte die Assistenten, ob sie nicht genug zu tun hätten, das könnte man dann ändern. Schließlich drohte sie damit, die Maschine als privat für sich selbst zu deklarieren und alle anderen vom Konsum auszuschließen. Eine Drohung die für sofortige Ruhe sorgte. Einfach weil niemand in der Kriminalinspektion 1 mit Hannah Ärger haben wollte. Sie galt, vorsichtig formuliert, als meinungsstark. Hannah pflegte eine klare Sprache und nahm auf nichts Rücksicht, auch nicht auf Hierarchien. Dabei half ihr auch ihre sportliche und, für eine Frau, auffallend muskulöse Erscheinung. Sie war normal groß, aber sehr schlank und an ihren Unterarmen und Oberarmen sah man die definierte Muskulatur und hervorstechende Adern, wie man es von Bodybildern kennt. Ihre Bewegungen waren schnell und etwas zackig, wie bei militärischen Befehlshabern. Der Kaffee-Kompromiss sieht nun vor, dass es bei den zwanzig

16

Euro bleibt und Hannah am Monatsende, wenn die Bohnen mal leer sind, einfach Bohnen mitbringt.

Als der „Flat White" durchgelaufen war, öffnete sich die Tür und Kriminaloberkommissar Jens Rammelt, ihr Teamkollege, kam ins Büro. Jens Rammelt war ein sportlicher und gutaussehender Hüne. Er maß fast zwei Meter, war kräftig und muskulös, hatte noch blonde Haare und ein gewinnendes Lächeln. Umso erstaunlicher fand sie, dass er noch immer Single war. Wobei Hannah wusste, dass er nicht wirklich Single war, sondern permanent wechselnde Beziehungen hatte. Er war der Typ des modernen Menschen, welcher sich nur für einen kurzen Lebensabschnitt an einen Partner bindet und dann weiterzieht. Am Anfang ihrer Zusammenarbeit hatte sie durchaus erwogen, sich den Jungen mal genauer anzuschauen. Jens war zwar fast zehn Jahre jünger, aber das war für sie kein Kriterium. Allerdings hatte sie auch die goldene Regel: „Never have your honey, where you make your money". Und mit zunehmendem Kennenlernen merkte sie auch schnell, dass sie Jens zwar kollegial sehr schätzte, jedoch keinesfalls als Partner.

In der Kriminalinspektion 1 der Kriminalpolizeidirektion Böblingen wurden Kapital- und Sexualverbrechen bearbeitet. Sie bestand aus mehreren Ermittlungsteams, welche auf Ermittlungsassistenten im Bedarfsfall zugreifen konnten. Hannah und Jens waren als das Team „Rammelt-Schön" bekannt. Eigentlich müsste es „Schön-Rammelt" heißen, da sie Hauptkommissarin und Jens Oberkommissar war, aber als sie sich als Team gefunden hatten, hatte mal ein Idiot den Spruch „Ahh! „Jens Rammelt Hannah Schön" getätigt und vielwissend „zwinki-zwonki" mit den Augen gemacht. In der Kriminaler-Macho Welt war das natürlich ein Gassenhauer und auch die satte Ohrfeige von Hannah an den Kollegen hatte den Spruch nicht mehr aus der Welt gebracht. Mit der Zeit gewöhnte sie sich daran und die Erfolgsquote des Teams bei den Ermittlungen lag ja im durchschnittlichen Rahmen, daher gab es nichts zu bemängeln.

„Morgen Schatzi, mach mir doch auch ein Schümchen."

Nun, sie mochte es nicht wirklich, wenn er sie Schatzi nannte, zumal sie das Team leitete, jedoch zeigte es eigentlich nur, ob Jens in guter oder schlechter Stimmung war, daher war es ihr sogar ganz recht, wenn er sie so nannte, war er doch dann gut gelaunt. Also strich sie sich ihre rotbraunen, halblangen Haare hinter ihre Ohren und antwortete:

„Morgen, Mausebär, Kaffee kommt gleich".

Ihr Konter nötigte ihm ein Grinsen ab.

Ermittlungsassistent Hansi Kopp betrat den Raum und legte eine Mappe auf den Schreibtisch von Jens. Hansi war der Rookie im Team, seit nunmehr zwölf

Monaten bei der Polizeidirektion 1 und für seine jungen Jahre enorm selbstbewusst mit der Neigung zur Frechheit. Das lag vermutlich an seiner Herkunft aus dem Havelland bei Berlin. Immerhin hatte er sich in den zwölf Monaten das Berlinerische schon etwas abgewöhnt und man verstand ihn in der Direktion immer besser. Zu Jens gewandt sagte er:

„Moin zusammen, da gibts einen neuen Fall in Magstadt, ziemlich komisch, vielleicht ein Sexualdelikt, ihr sollt Euch drum kümmern."

Er wendete sich zu Hannah um, nahm den für Jens vorgesehenen Café Latte entgegen und verschwand mit einem freudigen „Oh, danke Hannah, das ist aber nett" genauso schnell, wie er gekommen war.

„Frechheit!", schimpfte Jens. Hannah lächelte milde und stellte nochmals ein Latte Macchiato Glas unter die Maschine.

„Schau doch mal, was uns die Katze vor die Tür gelegt hat, ich mach Dir noch mal eine Latte". Jens schnaubte kurz und schlug die Mappe auf.

Eine Stunde später waren die beiden am Auffundort des Mannes im Magstadter Wald. Der Mann war zwischenzeitlich ärztlich versorgt und mit dem Krankenwagen ins Krankenhaus nach Sindelfingen gebracht worden. Vor Ort war noch die Streife, welche als Erstes am Tatort war.

„Moin zusammen", grüßte Jens die beiden Polizisten.

„Servus-na endlich" gab einer der Polizisten zurück. Offensichtlich warteten die beiden schon etwas länger auf das Kriminalteam.

„Was können Sie uns denn berichten?", fragte Jens den Gesprächigeren. Der Polizist schilderte die Auffindesituation und berichtete von dem Jogger, welcher den Mann gefunden hatte.

„Und, dann hatte der noch drei Kreuze auf der Brust tätowiert. Das schien ganz frisch zu sein. Seine Haut war noch ganz gerötet. Außerdem war das eine Scheißarbeit, ganz bestimmt kein gelernter Tätowierer. Wir haben den Mann nicht befragt, aber scheint so, als ob der Täter dem Mann die Kreuze heute Nacht eintätowiert hätte", schloss der Polizist seinen Bericht.

„Drei Kreuze auf der Brust?", fragte Hannah erstaunt.

„Yep. Wobei es waren eigentlich keine Kreuze, eher so Pluszeichen, also alle Striche des Kreuzes gleich lang", präzisierte der Polizist noch.

„Ah ha. Und sagt Ihnen das was?", wollte Hannah wissen.

Der Polizist zuckte mit den Achseln: „Keine Ahnung, habe ich noch nie gesehen. Wenn Sie uns nicht mehr brauchen, würden wir jetzt den Adler machen."

Hannah nickte und die Polizisten stiegen in ihren Pkw und fuhren davon.

„Brauchen wir die KTU?", fragte Jens seine Chefin. Hannah wiegte den Kopf. Die Kollegen von der kriminaltechnischen Untersuchung wurden immer dann geholt, wenn Spurensicherung erfolgversprechend war.

„Scheint kaum Spuren hier zugeben, lass uns mal ein bisschen umherschauen. Die KTU können wir ja noch immer holen."

Beide zogen sich Einmalhandschuhe über und betrachteten den Jägerhochsitz. An diesem war nichts Ungewöhnliches. Es handelte sich um einen einfach zusammengebauten Hochsitz, der einem erhöhten Sessel gleicht. Es gab nur sieben Stufen und er hatte vielleicht eine Höhe von drei Metern. Hannah und Jens gingen um den Hochsitz herum und dann jeder ein paar Schritte in den Wald.

„Wenn der Täter den Mann hierhergebracht hat, dann wahrscheinlich auf einem der Wege", rätselte Jens.

Hannah überlegte laut: „Vermutlich ja. Wenn der Täter dem Mann aufgelauert hätte, würde man hier etwas erkennen, einen Kampf oder Ähnliches. Der Mann wurde hierhergebracht und festgebunden, steht für mich fest. Wenn es auf dem Weg von der Bogenschießhütte war, haben unsere Kollegen mit ihrem Wagen alle Spuren zunichtegemacht. Ich glaube, KTU bringt nichts."

15. Mai - später Vormittag

Miriam Dobler verlies heute reichlich spät mit ihren Hunden ihre Wohnung. Üblicherweise ging sie früh morgens zum Gassi gehen. Heute hatte sie es sich anders überlegt. Sie war morgens nur kurz zum Geschäft verrichten vor die Tür gegangen - also die Hunde sollten natürlich ihr Geschäft verrichten- und hatte den Ausflug auf heute kurz vor Mittag verschoben. Das war Teil ihrer Strategie „Bloß nicht auffallen". An der Leine führte sie den sechsjährigen Kleinen Münsterländer Rüden „Bob" und den fünfjährigen Dackel Rüden „Toni".

Miriam war Ende 30, deutlich übergewichtig und wirkte manchmal etwas ungepflegt. Sie legte keinen Wert auf die üblichen Pflegeprodukte für die Dame. Ihr Credo war: „An meine Haut kommt nur Seife und Wasser -Schluss aus Nikolaus-". Auch ihre lockige Haarpracht wurde bereits grau und färben war für sie zu anstrengend. Gerne begründete sie diese Haltung mit dem Verweis auf ihre beiden Hunde, die ja auch nicht die Finger lackierten oder eine Maske auflegten und doch von vielen gehätschelt und gestreichelt wurden. Allerdings musste sie eingestehen, dass ihre Hunde deutlich häufiger Streicheleinheiten bekamen als sie selbst. Ihre letzte Beziehung lag nun mehr als zehn Jahre zurück. Die Beziehung war auch nicht von einer Qualität, dass sie umgehend in eine neue Beziehung hätte stürzen mögen. Sie hatte damals lieber ihre alte Liebe zu Tieren entdeckt und sich zunächst für Pferde interessiert. Allerdings musste sie mit der Zeit feststellen, dass Pferde sehr betreuungs- aber vor allem auch kostenintensive Gefährten sind. Daraufhin legte sie sich einen Kater namens „Moritz" zu. Moritz war charakterlich allerdings sehr eigenständig und gelinde gesagt etwas ichbezogen. Wenn Miriam nach schmusen zumute war, konnte es sein, dass Moritz nach anfänglichem schmusen mittels eindeutigen Schlags mit der Pfote klarmachte, dass schmusen zu Ende war. Häufig verlangte er auch entschieden das Verlassen der Wohnung und das eigenständige Streunen. Zwar bedachte er Miriam häufiger mit einem erjagten Vögelchen oder einer Maus, jedoch anerkannte sie diese Geschenke nicht als Zuneigungsbeweis. Eines Morgens ging Moritz zum Streunen und kehrte nicht zurück. Miriam hängte überall in Magstadt Vermisstenfotos von Moritz auf, doch der Kater blieb verschwunden. Nach einem halben Jahr der Trauer und des Alleinseins entschied sich Miriam für einen Hund. Als erstes legte sie sich „Bob" zu. Als sie diesen bei einem Züchter erwarb, versprach ihr dieser, dass Bob bei artgerechter Haltung in seinem Zuhause ein ausgeglichener Vierbeiner wäre, der sich freundlich gegenüber Menschen und Artgenossen verhält. Er würde sich eng an seine Bezugsperson binden und gerne soziale Bindungen mit anderen Hunden eingehen. Das war genau nach Miriams Geschmack. Der Hund gefiel ihr sehr gut und er hatte auch einen guten Charakter den Menschen gegenüber. Unterschätzt hatte sie allerdings, dass Bob eigentlich ein vorzüglicher Jagdhund mit ausgeprägtem Arbeitseifer ist. Dieser Eifer überforderte Miriam regelmäßig und daher kam ihr die Idee, für Bob einen zweiten Hund als Spielgefährten anzuschaffen, dann hätte sie etwas mehr Ruhe. Hier entschied sie sich für den Rauhaar-Dackel „Toni". Auch Toni war ein dem Menschen gegenüber freundlich gesonnener Hund und vor allem verstand er sich auf Anhieb mit Bob. Allerdings hatte sie auch hier übersehen, dass Dackel zwar niedlich und auch verschmust sind, jedoch im Charakter durchaus selbstständig und teilweise stur. Toni hätte definitiv jemand benötigt, welcher ihm die Rangordnung deutlicher klargemacht hätte, was aber nicht Miriams Stärke war.

So ging sie auch an diesem schönen Vormittag zu ihrem vor der Tür ihres Mehrfamilienhauses geparkten, weinrot-metallic farbigen Dacia Dokker. Toni zerrte nach rechts, Bob zerrte nach links, Miriam zerrte in die Mitte zurück. Immer wieder herrschte sie den einen oder anderen Hund an, er solle doch endlich gehorchen. Das war den beiden aber reichlich egal. Erst als die Hunde das Auto erblickten, waren sie wieder gehorsamer. Sie wussten, jetzt geht es in den Wald und damit in eine Stunde Freiheit. Miriam öffnete den Dacia und den Hundekäfig im Heck, und die beiden Tiere sprangen hinein. Sie umrundete das Fahrzeug und fuhr schnurstracks ins nahe gelegene Hölzertal. Sie fuhr am Hölzersee vorbei Richtung Stuttgart und bog in den ersten Wirtschaftsweg auf der linken Seite ein. Ihrer Erfahrung nach war sie hier allein. Keine Spaziergänger, Jogger, Reiter oder andere Hundegassi-Gänger verirrten sich hier her. Sie stellte den Dacia ab und öffnete die Hecktür und den Hundekäfig. Beide Hunde sprangen heraus, bellten freudig und wirbelten in den nahe gelegenen Wald. Miriam folgte ihnen langsam auf dem Wirtschaftsweg. Sie mochte ihre beiden Streuner keine Frage. Die beiden Tiere gaben ihr ein Familiengefühl, welches sie im Unterbewusstsein zweifelsohne vermisste. Sie hatte sich auch an den latenten Ungehorsam der Hunde gewöhnt. Zwar hatte sie am Anfang mit Bob eine Hundeschule besucht, aber sie fand das ständige Einüben der Verhaltensregeln doch zu anstrengend. Alles in allem fand sie, dass sie mit den Tieren gut zu Recht kam und es gab ja schließlich auch keine großen Beschwerden von Nachbarn. So sog sie die frische Luft ein und lief den Weg entlang und genoss den Wald. Die Hunde wussten, wo Miriam entlanglief und sie konnte hören, wie sie den Wald durchsuchten. Dackel Toni hatte eine ausgeprägte Buddelleidenschaft und durchsuchte jedes Mauseloch. Der Münsterländer Bob war eifrig am Herumspringen und versuchte alles Mögliche zu erschnüffeln. Plötzlich verstummte das Gebell des Münsterländers. Das Tier stand hoch erregt im Wald und hob die Schnauze. Prüfend sog der Rüde die Luft ein. Ein leichtes Knurren setzte ein und seine Nase fuhr auf den Boden hinab. Er stürmte schnüffelnd voran. „Nicht schon wieder" dachte Miriam. Erst kürzlich hatte sie ein Jäger ertappt, wie sie die Hunde im Wald ohne Leine laufen gelassen hatte. Er hatte sie zur Rede gestellt und angeschrien. Ob sie denn wüsste, was freilaufende Hunde im Wald gerade im Frühling anrichten könnten. Dass jetzt viele Säugetiere Nachwuchs hätten und dass diese durch die Hunde bedroht würden. Miriam hatte nur geantwortet, dass ihre beiden Hunde so etwas „noch nie gemacht hätten". Der Jäger hatte sie daraufhin für dumm erklärt. Miriam war wütend geworden und hatte ihn einen Tiermörder genannt. Jetzt hatte der Jäger gedroht, dass er wildernde Hunde ganz sicher erschießen könnte und das auch tun würde. Jedenfalls würde er sich ihre Hunde merken und Miriam außerdem beim Ordnungsamt anzeigen.

„Bob!", schrie sie etwas verzweifelt „Bleib hier, vielleicht ist es ja der Jäger!"

Sie verharrte am Wirtschaftsweg und horchte in den Wald. Zunächst hört sie nichts, dann ein hektisches Rascheln und kurzes Aufjaulen. Sie blickte zur Seite. Von da kam Dackel Toni auf dem Wirtschaftsweg entlang gesprungen und schoss an ihr vorbei hinter seinem Kumpel Bob her. Wieder Stille und Rascheln. Dann kamen die beiden Hunde ihr entgegen.

„Oh nein!", rief sie aus. „Pfui! Schämt Euch!"

Im Maul des Münsterländers hing leblos ein Rehkitz. "Pfui Bob, Aus! Lass das Reh los!"

Doch Bob dachte gar nicht daran und lief mit dem Rehkitz im Maul in Richtung Auto davon. Dackel Toni lief freudig bellend um Bob herum und Miriam versuchte Schritt zu halten. Plötzlich blieb Toni stehen. Miriam dachte, er wartet auf sie und verlangsamte ihre Schritte, bis sie bei dem Dackel war. Doch Toni schaute an ihr vorbei den Wirtschaftsweg entlang. Miriam dreht sich um und hoffte, dass da nicht der Jäger stand und die Hundejagd gesehen hatte. Doch sie sah niemanden. Sie blickte auf Toni und sah, dass der Dackel starr nach hinten blickte. Sie hörte auch sein leises Knurren.

„Komm jetzt Toni, da ist niemand! Wir müssen das Reh entsorgen!"

Schweren Schrittes trampelte sie in Richtung Auto. Toni drehte sich schließlich auch um und lief ihr hinterher.

15. Mai – mittags

Günther Maria Reitmaier lag in seinem Einzelzimmer auf der Inneren im Krankenhaus in Sindelfingen. Aufgrund seiner Privatversicherung hatte er auf ein Einzelzimmer bestanden. Nicht auszudenken, er hätte sich jetzt auch noch ein Zimmer teilen müssen. Laut den Ärzten war er unverletzt. Eine leichte lokale Unterkühlung an den Beinen zwar, jedoch hatte er keinerlei gesundheitliche Schäden davongetragen. Günther war ein Mann mittleren Alters. Er war normal groß, vielleicht ein Meter achtzig und hatte so etwa zehn bis fünfzehn Kilogramm zu viel auf den Rippen. Na ja, mit den Jahren ist es eben auch schwer, das Gewicht zu verteidigen. Er versuchte noch regelmäßig Sport zu machen, meistens Joggen oder Radfahren. Aber kräftiges Essen und ein guter Rotwein halten auch Leib und Seele zusammen. Irgendwann definierte er seinen „Setpoint" beim Gewicht und stand einfach nicht mehr zu oft auf die Waage. Er war verheiratet, auch durchaus glücklich, wie er meinte. Sie hatten keine Kinder und beide arbeiteten Vollzeit. Die Wochenenden verbrachten sie meist gemeinsam mit Tagesausflügen zu kulinarischen Zielen. Seiner Frau war das gewichtsmäßig noch schlechter bekommen, daher war er insgeheim doch etwas stolz, nicht allzu viel über der Norm zu liegen. Er berechnete heimlich immer wieder ihren Body Mass Index (BMI) und danach den seinen. Dann war er zufrieden, da sein BMI immer kleiner war als der ihrige. Ansonsten hatten beide ihre Hobbys, welche sie jeweils ohne den anderen betrieben. Ihre Hobbys waren Yoga und ein Koch- und Back-Klub nur für Frauen. Seine Hobbys waren ein Wein-Stammtisch und die zweimal in der Woche stattfindenden Sitzungen des Fachverbands der „Vereinigten Wirtschaftsprüfer Heckengäu e.V.", bei welchem er Schriftführer war. Letzteres war allerdings nur einmal die Woche, zweimal dachte nur seine Frau.

Er starrte aus dem Fenster, noch sinnierend, was geschehen war, als sich die Tür öffnete und der ihn behandelnde Arzt Dr. med Sahid El-Rahman mit einer Frau und einem blonden Hünen das Zimmer betrat.

„Hallo Herr Reitmaier", begrüßte ihn El-Rahman in akzentfreiem Deutsch.

„Das hier sind die Kommissare Frau Schön und Herr Rammelt von der Direktion Böblingen. Sie möchten Ihnen wegen des Vorfalls heute Nacht ein paar Fragen stellen. Für die medizinischen Fragen bleibe ich auch dabei."

Mit diesen Worten wendete sich El-Rahman zu den beiden Polizisten.

„Guten Tag Herr Reitmaier, mein Name ist Hannah Schön und ich leite die Ermittlungen in Ihrem Fall." Hannah trat seitlich an das Bett von Günther Reitmaier.

„Das war ja ein bizarrer Fund mit Ihnen. Haben Sie irgendeine Ahnung, wer Ihnen das angetan haben könnte?"

Günther Reitmaier sah Hannah direkt an: „Nein keine Ahnung". Seine Stimme war fest und bestimmt.

„Okay, dann gehen wir der Reihe nach. Erzählen Sie mir doch bitte an was Sie sich als Letztes erinnern können."

Günther Reitmaier überlegte und sah zu Jens, der ein Notizbuch gezückt hatte und bereit war mitzuschreiben.

„Also ich bin gestern Abend noch spaziergegangen. Das mach ich öfters im Hölzertal, machen andere ja auch. Ich habe mein Auto am Lkw-Parkplatz geparkt, also da kurz nach dem Modellflugplatz. Dann bin ich in den Wald hochgelaufen, eine kleine Runde".

Jens notiert: *Verteidigt seinen Spaziergang schon beim ersten Satz* → *verdächtig!*

„Wann war das?", fragte Hannah nach.

„Na so gegen 19.00 Uhr bin ich los." Er überlegte weiter „Als ich zurückkam, bin ich in mein Auto gestiegen und hab noch kurz Radio gehört. Die

Nachrichten um 20.00 Uhr und dann …", er brach ab und starrte vor sich hin.

Jens notierte: *Muss überlegen, was er sagen soll??*

„Was dann?", fragte Hannah.

„Ja kann ich nicht sagen. Ich glaube, ich bin ohnmächtig geworden", flüsterte Günther Reitmaier. Er strengte sich an, ob ihm noch etwas einfiele. Jetzt bemerkte er auch wieder die Kopfschmerzen, wie schon den ganzen Morgen. So ein stechendes Pochen in der Schläfe.

„An mehr kann ich mich beim besten Willen nicht erinnern. Ich bin erst wieder am Morgen auf dem Hochsitz aufgewacht. Ganz allein bin ich dagesessen und mir war schlecht." Seine Stimme klang jetzt etwas brüchig. "Ich saß da ewig, konnte kaum schreien, weil ich etwas im Mund hatte und war an den Sitz gebunden. Was hätte alles passieren können! Gott sei Dank kam dann irgendwann der Mann vorbei. Der Jogger! Der hat mich dann von dem Knebel befreit und Euch gerufen."

Jens notierte: *Jogger.*

„Diese Tätowierung auf der Brust, die haben Sie selbst machen lassen?", fragte Hannah.

„Nein! Nein!", rief Günther Reitmaier laut. „Das muss das Arschloch gewesen sein, dass mir das angetan hat!"

„Wissen Sie, was das zu bedeuten hat, mit diesen drei Kreuzen?"

„Keine Ahnung, weiß ich nicht! Aber so eine Scheiße, wie sieht denn das aus! Und vor allem bekomme ich das wieder runter?"

Der Arzt räusperte sich kurz. Hannah sah zu ihm und nickte leicht.

„Wir haben eine Blutuntersuchung bei Herrn Reitmaier veranlasst", erklärte Sahid El Rahman. "Herr Reitmaier hatte Spuren von Halothan und Diazepam im Blut."

„Narkosegas?", fragte Jens und notierte *Halothan und Diazepam.*

„Genau", sagte Sahid El-Rahman anerkennend. "Halothan ist ein Narkosegas. Steht auch im Verdacht, bei Campingüberfällen verwendet zu werden. Schlafende Wohnmobilfans werden angeblich manchmal mit Halothan betäubt und ausgeraubt. Ich glaube da nicht so richtig daran, da Halothan sehr teuer ist und man große Mengen braucht. Diazepam ist ein Schlafmittel. Wirkt sehr gut. Intravenös verabreicht ist man in einer Minute im Reich der Träume. Das Mittel wird oft in der Psychiatrie eingesetzt."

„Intravenös? Hat Herr Reitmaier einen Einstich?"

Sahid El-Rahman lief zum Bett und schob bei Günther Reitmaier die Ärmel hoch.

„Ah ja. Hier in der linken Ellenbogenbeuge. Ein kleiner Einstich. Könnte Diazepam verabreicht worden sein."

Und zu dem verdutzt schauenden Reitmaier sagte El-Rahman: „Und keine Sorge wegen des Tattoos. Als Privatpatient können Sie alle unsere Leistungen abrufen. Wir haben auch hervorragende Lasertechniken zur Entfernung von Tattoos."

Hannah wandte sich wieder an Günther Reitmaier.

„Haben Sie irgendeine Idee, wer das „Arschloch" ist, der Ihnen das angetan hat? Haben Sie Feinde, die Ihnen ein Denkzettel verpassen wollen?"

„Nein! Also glaube ich jedenfalls nicht. Ich bin Wirtschaftsprüfer, da haben Sie manchmal Kunden, die nicht zufrieden sind, aber Feinde?"

Jens setzte sich auf den kleinen Krankenhaustisch und bemerkte die grüne Jacke auf dem Stuhl.

„Diese Felljacke hier gehört die eigentlich Ihnen?"

Günther Reitmaier sah zu ihm.

„Äh nein, das ist nicht meine. Hatte ich die an?"

Jens nahm die Jacke hoch. Er sah in das Innere und las: „Hubertus Ansitzjacke Ice-Land – Größe XXL".

„Beschlagnahmt", stellte er fest. "Die gehört dem Täter."

15. Mai – abends

Siegfried Steinmüller streichelte Nero den Kopf. Der fünfjährige Bayerische Gebirgsschweißhund genoss die Streicheleinheiten seines Herrchens und hob die Nase. Siegfried Steinmüller war schon Anfang siebzig pensioniert und wie viele Männer in seinem Alter von kräftiger, eher schon beleibter Statur. Er hatte schon immer einen gedrungenen Körperbau und war daher nie eine schlanke Erscheinung. Aber die Jahre hatten das eine oder andere Kilo hinzuaddiert und seine Kleidergröße auf nunmehr XXL anwachsen lassen. Stolz war er auf sein immer noch volles Haar, das zwar grau war, aber mit perfektem Mittelscheitel ein, wie er fand, ordentliches „Mannsbild" aus ihm machte. Er mochte die Abendstimmung und den Beginn des Ansitzens. Er war nicht nur ein passionierter Jäger, nein, er liebte die Jagd. Wenn er die Jagd beschreiben müsste, würde er sagen, sie ist eine Lebenseinstellung. Die Jagd ist echt, ehrlich und authentisch. Sie kennt keine Ausreden, nur Verantwortung! Verantwortung gegenüber den Lebewesen, der Natur und den Mitmenschen. Aber nicht alle sahen das so wie er, das wusste er. Er kannte die Goretex-Gurus und selbst ernannten Naturschamanen mit ihren idiotischen Forderungen, die alle keine Ahnung von seiner wichtigen Aufgabe hatten. Den Wald sich selbst überlassen oder gar wieder Wölfe ansiedeln! Er könnte sich totlachen! Am besten siedeln wir auch wieder Braunbären an! Diese verweichlichten Öko-Fuzzis mit ihrem verklärten Blick auf eine angeblich so friedliche und rücksichtsvolle Natur. Der Jäger war für diese Menschen nur ein blutsaufender Mörder, der gerne andere Lebewesen abknallt. So ein Nonsens! Die Jagd ist aktiver Natur- und Artenschutz! Klar musste er Tiere töten. Aber genau das ist ja ein Teil unserer Natur. Ein Bär oder ein Wolf fragte das Reh doch auch nicht, ob es totumfallen könnte, nur weil er Hunger hat. Und wenn der Wolf im Blutrausch zwanzig Schafe reißt, ist das doch nicht gut, nur weil es eben der Wolf war! Die Natur ist nicht gut oder böse, sondern sie ist neutral und einfach. Wenn das Kuckuck-Junge seine falschen Geschwister aus dem Nest schiebt und diese am Boden verenden, ist das für viele Menschen grausam. Die Natur ist aber nicht grausam, sie ist ein ständiges Ringen um das Überleben. Der Tod eines Individuums ist genauso Bestandteil des natürlichen Kreislaufs wie sein Überleben. Grausam ist die Natur nur für das einzige sozialromantische Tier, das es gibt: den Menschen.

Es war jetzt kurz nach Sonnenuntergang und er marschierte los. Er hatte seinen kleinen Geländewagen am Hölzersee geparkt und lief jetzt auf schmalen Waldwegen Richtung Autobahn. Sein Hund Nero war exzellent ausgebildet und lief bei Fuß. Er hatte die vielen Autos, welche noch auf dem Parkplatz am Hölzersee standen, mit sichtlichem Missfallen wahrgenommen. Er wusste, dass einige dieser Autos den Herren gehörten, die gleichgeschlechtlichen Vergnügungen zuneigten und sich im Halbdunkel des Waldes am Hölzersee trafen. Für ihn waren das Hedonisten, degenerierte Städter, die aus lauter Langeweile alles probierten. Ekelhaftes Gesocks. Manchmal konnte er sie mit seinem Jagdglas erspähen, wie sie ihrem schamlosen Treiben frönten. Männer mit Männern, manchmal auch Pärchen, manchmal Männer mit Prostituierten, wobei er nicht wusste, ob die Person, die vor einem Mann kniete, Mann oder Frau war. Aber die Sexsuchenden waren nicht der einzige Dorn in seinem Auge. Für Siegfried Steinmüller waren alle Freizeitsuchende im Wald fehl am Platz. Die Menschen haben den Wald zu ihrem Spiel- und Müllplatz auserkoren! All die Jogger, Mountainbiker, Geocacher, Nordic-Walker oder Pilzsucher, welche mit stetigem Lärm auf und neben den Wegen sich tummeln. Er könnte diese Typen jedes Mal aufs Neue zusammentreiben und gesammelt in die Städte zurückjagen! Keiner nimmt mehr Rücksicht auf die Natur, auf die Flora oder Fauna. Der Wald wird vermüllt, die Biker ziehen tiefe Spuren durch den Boden und die Hundebesitzer lassen ihre unerzogenen Tölen frei durchs Gebüsch jagen. Kürzlich hatte er eine dicke Frau mit zwei freilaufenden Hunden mitten im Wald zur Rede gestellt. Man muss sich das vorstellen. Im Mai, im Frühjahr, wenn die Rehe und Wildschweine ihren Nachwuchs bekommen, laufen die Hunde frei im Wald herum! Er hatte sich so in Rage geredet, dass er am Schluss mit dem Abschuss ihrer Hunde gedroht hatte. Die Frau hatte zurückgeschrien und wollte ihn wegen Bedrohung und Tierquälerei anzeigen. „Machen Sie doch!" hatte er gehöhnt, schließlich glaubte er im Recht zu sein. In Baden-Württemberg war es dem Jäger erlaubt, wildernde Hunde unter bestimmten Umständen zu erschießen.

Nero hob plötzlich die Nase. Siegfried Steinmüller blieb stehen und beobachte seinen Hund. „Na, was hast du gewittert?" flüsterte er. Sie befanden sich jetzt auf dem Wirtschaftsweg kurz vor der Anhöhe zur Autobahn A8. Sein Blick folgte dem Weg entlang hinunter zur Hölzertalstraße. Und plötzlich sah auch er es. Eine Ricke stakste vorsichtig zwischen den Bäumen hervor und stellte sich auf den Wirtschaftsweg. Ihr Kopf war in seine Richtung gedreht und trotz einsetzender Dämmerung, musste das Tier ihn und vor allem auch seinen Hund bemerkt haben. Doch die Ricke blieb wie angewurzelt stehen und starrte in seine Richtung. Siegfried Steinmüller kniete zu Nero nieder der angespannt und erregt zu der Ricke schaute. Als ausgebildeter Jagdhund, wusste der Hund aber, dass eine Jagd durch seinen Herrn startet und er nur vorbereitet sein musste. Siegfried Steinmüller streichelte den Nacken und Rücken des Hundes, um ihn etwas zu beruhigen. „Ruhig mein Großer - wir schauen sie nur an". Die Ricke starrte weiter in seine Richtung, rührte sich aber nicht.

„Warum haut die denn nicht ab?", flüsterte er leise vor sich hin." Vielleicht ist sie verletzt?"

Er überlegte kurz und wendete sich an Nero.

„Nero! Platz!"

Der Hund legte sich augenblicklich auf den Boden.

„Wait!", sagte Siegfried Steinmüller bestimmt, aber leise. Dann richtete er sich auf und nährte sich ganz langsam und vorsichtig dem auf dem Weg stehenden Reh. „Ruhig, ich tu dir nichts!" versuchte er sanft auf das Reh einzusprechen. Als er etwa fünf Meter entfernt war senkte die Ricke ihren Kopf und sah zur Seite. Siegfried Steinmüller folgte Ihrem Blick und sah den Kadaver eins Rehkitzes zwischen den Bäumen liegen.

„Verdammt! Scheiß Köter!", entfuhr es ihm deutlich zu laut.

Die Ricke sprang erschrocken los und verschwand zwischen den Bäumen. Nero war aufgesprungen und gab einen Warnruf los.

„Wait!" donnerte er in Richtung seines Hundes.

Er näherte sich dem Rehkitz und sein geschultes Auge sah auch im dämmrigen Abendlicht den Verbiss am Hals. Keine Frage, das hatten Hunde angerichtet.

1 Woche vorher

Der schwarze Audi Q5 parkte am Lkw-Parkplatz an der Hölzertalstraße kurz vor dem Modellflugplatz. Dieser Parkplatz bestand aus dem Rest der alten Landesstraße L1189 und war sehr groß und breit, weshalb er hin- und wieder von Lkws für die Nacht oder die vorgeschriebene Pause nach vier Stunden Fahrt benutzt wurde. Aber es parkten auch vereinzelt Wanderer hier, da fünfzig Meter entfernt davon ein Wirtschaftsweg begann, welcher in den Magstadter Wald führte. Von hier kam man schnell zum alten Steinbruch, der heute mitten im Wald lag und zuwucherte. Danach führte der Weg in Richtung Warmbronner Sattel, eine Abzweigung am Eingang des Steinbruchs führte zum Bogenschützenhaus Richtung Magstadt.

Günther Maria Reitmaier stieg aus dem Audi und schloss den Wagen ab. Er atmete tief ein und genoss die aufziehende Kühle des Abends. Heute war mal wieder ein schöner Abend, ein Abend, der Neuerungen brachte. Er hatte den ganzen Tag schon in stiller Vorfreude auf heute Abend verbracht. Die wenigen Aufgaben der Buchprüfung bei einem mittelständischen Mandanten in Weil der Stadt waren schnell erledigt und danach hatte er immer wieder das Chatprotokoll im Messenger *Telegram* gelesen.

Sein Account hieß „Sugar Daddy". Sein Profilbild waren Dollarscheine. Konnte man kaum missverstehen. In der Zeile „Bio" konnte man in *Telegram* ein lustiges Lebensmotto eingeben. Bei ihm stand „Ich gebe dir und Du gibst mir". Wer es jetzt noch nicht verstanden hatte, war auch nicht richtig. Wobei es gab viele „nicht Richtige". Manche glaubten, er wolle einfach alles Mögliche kaufen und boten ihm Waren feil. Am Anfang fand er es lustig, als aber jemand Drogen anbot, war er doch etwas alarmiert. Dennoch ließ er die Beschreibung so stehen, denn es meldeten sich auch „Richtige". Also Damen. Damen auf der Suche nach einem Unterstützer, einem Sugar Daddy. Und das war sein Angebot. Er wollte nicht nur eine Prostituierte kaufen, nein! Er wollte eine Art von Beziehung. Er wollte eine Frau, ein Mädchen, ein unsicheres Geschöpf, welches ihm gefügig war. Er wollte derjenige sein, der sagt, was man macht, wie man es macht, wo man es macht. Also eben alles das, was er daheim nicht durfte. Natürlich würde er generös sein, sehr generös, konnte er sich ja auch leisten. Seine Geschäfte gingen gut, Wirtschaftsprüfungen waren zunehmend wichtiger und er hatte einen guten ordentlichen Ruf. Diese finanziellen Möglichkeiten versuchte er auszuspielen. Sein Begehren war nicht der schnelle Sex, nein, nein. Er wollte, dass die Frauen oder besser Mädchen den Sex selbst wollten.

41

Natürlich wusste er, dass die Mädchen das Geld als erstes wollten, aber er genoss das „lange Vorspiel", wie er es nannte. Darunter verstand er, das zunehmende Verlangen nach Geld. Wenn die jeweilige Partnerin erkannte, dass er eigentlich keine wirklichen Abnormitäten wünschte. Sondern nur ein bisschen Zuneigung, ein bisschen Sex und Aufmerksamkeit, ansonsten aber nichts wirklich Schlimmes oder Verletzendes. Zumindest seiner Meinung nach nichts Schlimmes. Zum besseren Verständnis hatte er einen detaillierten Plan an immer größeren Forderungen und Wünschen gemacht, welche immer höher vergütet wurden. Er war erstaunt, dass mit der Zeit die Gier fast alle bisherigen Gespielinnen bis ans Ende des Plans getrieben hatte.

Seine bisherige Muse war eine hübsche Studentin aus Stuttgart-Hohenheim gewesen. Kurze blonde Haare, tolle sportliche Figur und auch eine angenehme Gesprächspartnerin. Sie war nicht nur in ausgefeilten Sexpraktiken unerschrocken, sondern er konnte mit ihr sogar über sein Geschäft sprechen, da sie Wirtschaftswissenschaften studierte. Leider entdeckte sie aber auch zunehmend ihren Wert für ihn und wollte bezüglich des Entgelts plötzlich neue Standards verhandeln. Betriebswirtschaft eben. Damit erfüllte sie nicht mehr das Kriterium „unsicheres Geschöpf". Das aber war für ihn die rote Linie. Niemals Schwäche zeigen war auch eine seiner Business Regeln. Er war der Chef, er sagte, was geschieht. Da er hoffte, dass es viele andere junge, aufgeschlossene Mädchen gab, beendete er das Arrangement abrupt mit den Worten: „Immer nur den gleichen Kirschkuchen essen ist ja auch auf Dauer langweilig."- Na ja Baby, it´s business. Jetzt freute er sich auf die nächste Gelegenheit.

Mathilde hieß die junge Dame und sie war seiner Meinung nach definitiv die Richtige. Die Bilder, welche sie im gesendet hatte, waren allerdings nicht ganz sein Geschmack. Mathilde war ein sehr schlankes Mädchen, schmale Augen mit künstlichen Wimpern, kleine Brüste, lange schwarze und glatte Haare, hohe Wangenknochen und ein etwas südländischer Einschnitt. Ihre Bilder zeigten sie in hautengen, grellbunten Tops, teilweise in Jogginghosen oder in Leggins. Ihr Gesichtsausdruck war meist etwas ernst, sollte aber lasziv sein und der Mund war immer zu einer Art Schnute gepresst. Man nennt das auch „Duck-Face". Die erste Kontaktaufnahme kam von ihr.

Sie hatte ihm geschrieben: „Hi. Ich bin Mathilde. Was kannst Du mir denn geben?"

Seine Antwort sollte Großzügigkeit zeigen: „Ich kann Dir alles geben, alle deine Träume kann ich unterstützen."

„Da habe ich aber ganz schön viele!", hatte sie geantwortet.

„Hast Du auch jemanden, der die Träume Dir erfüllt?"

Auf diese Art chatteten sie ein paar Tage und er konnte das Alter überprüfen, da er natürlich keine Mädchen unter 18 Jahren akzeptierte. Aber der Chat sagte ihm auch, was er wissen wollte und was er gesucht hatte: sie gehörte definitiv nicht zu den hellsten Sternen am Himmel.

Dann hatten sie auch ein erstes Treffen im Café FrechDax in Böblingen vereinbart. Er hatte ihr erzählt, wie erfolgreich er wäre und welche tollen Autos er schon gefahren hatte. Sie hatte wenig gesprochen, sondern viel verlegen gegrinst, hatte sich aber ihm durchaus aufgeschlossen gezeigt. Das lag vielleicht auch an dem Geschenk von ihm, einer rosé-goldenen Michael Kohrs Uhr, welche er ihr gleich am Anfang überreichte. Jedenfalls hatte sie verstanden, dass er ihr großzügig finanzielle Unterstützung anbot, dafür aber Gegenleistung erwartete. Beim zweiten Treffen hatte er ihr erste Details zu seinem Angebot der „Unterstützung" erläutert. Der nächste Treffpunkt sollte heute im Magstader Wald sein.

Er marschierte zu dem Waldweg Richtung Warmbronner Sattel los. Nach einigen Schritten bog er in den Eingang zum alten Steinbruch ab. Der alte

Magstadter Steinbruch ist ein Naturdenkmal. Seit Jahrzehnten nicht mehr genutzt, ist er heute ein kleines, aber feines Ausflugsziel. An seinem nördlichen Rand schlängelt sich ein Wanderweg hoch, welcher zum Hölzersee führt und einige nette Ausblicke über den alten Steinbruch erlaubt. Der Steinbruch selbst ist sehr klein, vielleicht ein Hektar Fläche. Wenn man unten in sein Halbrund eintritt, ist man meist allein, da es hier keine interessanten Ziele gibt. Dafür gab es kaum einsehbare Plätze hinter großen aufgeschütteten Erdhügeln und halbhohen Büschen. Genau das war der richtige Platz für Sugar Daddy.

Er setzte sich auf einen der aufgeschütteten Erdhügel am Eingang des Steinbruchs und wartete. Es dauerte vielleicht eine viertel Stunde, bis er ein leises Geräusch vernahm. Es war ein leises Kratzen, wie wenn Holz über Holz gezogen wurde. Er schaute nach vorne zum Eingang, konnte aber nichts erkennen. Na ja, vielleicht nur ein Tier.

Sie war spät, keine Frage. Ob sie es sich überlegt hatte seit dem letzten Treffen? Nein, das glaubte er nicht. Er war zurückhaltend gewesen, nicht aufdringlich, hatte sie glauben lassen, dass sie alles steuern könnte. Sie wird kommen! Weitere zehn Minuten später hörte er Schritte am Eingang des Steinbruchs. Er blickte wieder auf und sah Mathilde dastehen. Sie hatte wieder ein grelles, gelbes Top an und eine kurze schwarze Daunenjacke darüber, welche aber nicht geschlossen war. Dazu trug sie eine weiße, bauschige Jogginghose mit schwarzen Sternchen an der Naht entlang, ein goldfarbenes Handtäschchen sowie weiße Sneakers. Letzteres war nicht die beste Idee, da es in den letzten Tag etwas feucht gewesen war und entsprechend die weißen Schuhe nicht mehr ganz weiß waren. Das Outfit war definitiv beim Discounter oder bei Primark erworben, billige Bangladesch Ware eben. Typische Allerweltsmode für die sozial Schwächeren. Mathilde rauchte hektisch eine Zigarette, versuchte ein wenig damenhaft auszusehen und war vor allem unschlüssig, was sie tun sollte.

Günther lächelte und winkte ihr zu.

„Hallo Mathilde! Komm hier her, setzt Dich zu mir!"
Er klopfte neben sich auf den Stein, auf dem er saß.

„Schön, dass Du gekommen bist. Ich habe schon befürchtet, ich habe Dich erschreckt."

Mathilde kam nun langsam näher und blieb vor ihm stehen.

„Hallo!", sagte sie knapp und zog tief an ihrer Zigarette.

„Wie geht es Dir. Ist alles gut?", fragte er freundlich zurück. „Ich hoffe sehr, ich habe Dich das letzte Mal nicht zu sehr erschreckt?"

„Nein natürlich nicht. Ich bin ja kein Kind mehr!"

„Natürlich nicht. Du bist eine wunderschöne junge Frau und deswegen treffen wir uns ja. Ein erfolgreicher Mann und eine schöne Frau."

Sie schaute unsicher und wusste nicht recht, was sie von seinen Schmeicheleien halten sollte. Sie entschied, dass diese ihr gefallen.

„Warum willst Du dich denn ausgerechnet hier mit mir treffen. Das ist hier schon ein bisschen gruselig?" Mit diesen Worten schaute sie sich um und verschränkte die Arme vor der Brust.

„Wirklich? Ich finde den Platz toll. Er ist doch sehr schön und außerdem etwas abgelegen. Und das kommt unserem Vorhaben doch entgegen?"

Sie schaute ihm direkt in die Augen. Er lächelte nur und wartete. Warten war ein wichtiger Teil seiner Strategie. Sie mussten es selbst wollen, das war ihm immer wichtig.

Sie zog wieder an ihrer Zigarette und schaute ihn direkt an. Dann öffnete sie ihre Handtasche und holte einen Zettel heraus, welchen sie entfaltete.

„Das da, was Du mir das Letzte mal gegeben hast, das habe ich mir angeschaut", sagte sie gepresst. „Ich glaube, das möchte ich nicht machen."

Günther lächelte milde. „Na das ist doch kein Problem" sagte er generös. „Du erinnerst Dich bestimmt. Ich habe es Dir ja erklärt. Das ist nicht etwas was Du alles machen musst. Es ist etwas was ich gerne hätte und es steht drauf, was Du bekommst, wenn Du es machst. Wenn Du es nicht machst, bekommst Du auch nicht die jeweilige Belohnung. Verstehst Du? Du hast alles selbst in der Hand, alles kein Problem." Mathilde zog weiter an der Zigarette.

„Na, aber wenn ich das nicht machen will, was machen wir dann?", fragte sie.

Günther Reitmaier lachte leicht auf.

„Na ja. Auf dem Zettel stehen viele Dinge. Am Anfang stehen einfache Dinge nicht?? Ich glaube ja, dass Du eher von den Dingen weiter unten erschrocken bist, oder?"

Mathilde blinzelte und zog noch mehr an der Zigarette, dann nickte sie heftig.

„Siehst Du. Also noch mal zum Verstehen: Du kannst zum Beispiel sagen, ich interessiere mich nur für Punkt 1 oder vielleicht noch Punkt 2, aber nicht für Punkt 10. Dann ist das alles super. Dann vereinbaren wir eben nur Punkt 1 und 2. Und vielleicht gefällt es Dir ja auch und Du sagst na gut, vielleicht mache ich auch mal Punkt 3 dafür gibt es ja etwas mehr, aber wenn nicht, machen wir nur Punkt 1 und Punkt 2."

Günther lächelte immer noch milde und verständig. Mathilde schaute nach unten und man konnte spüren, wie es in ihr arbeitete. Ihr Oberkörper hob und senkte sich vom tiefen Atmen und die Zigarette war schon kurz vor dem Ende.

„Okay okay", murmelte sie. „Punkt 1 und auch mal Punkt 2, ich bin ja kein Kind mehr!" Dann versuchte sie deutlich selbstsicherer zu sagen: „Aber mehr werde ich ganz sicher nie tun!"

Jetzt erweiterte sich sein Lächeln zu einem breiten, aber milden Grinsen. Er erhob sich und trat vor sie hin. Sie war nicht groß und reichte ihm gerade so an die Schulter. Da er jetzt vor ihr stand, musste sie zu ihm aufblicken, was sein Verlangen noch mehr steigerte und er eine beginnende Erektion in seiner Hose spürte. Er versuchte ihr sanft über die Wange zu streicheln, doch sie zuckte zurück.

„Sssht, ganz ruhig. Am Anfang ist es immer eine kleine Überwindung", flüsterte er. „Aber Du wirst sehen, es wird Dir irgendwann Spaß machen."

Er holte ein zwanzig Euro Schein aus der Hosentasche, zeigte ihn Mathilde, nahm die Hände auf den Rücken und sagte:

„Ok, dann starten wir doch mit Punkt 1."

Zehn Minuten später war alles vorüber.

„Und hat es Dir gefallen?", fragte sie.

„Das war prima!" sagte Günther Reitmüller zufrieden. Sie stand vor ihm mit fordernder Geste und er legte ihr mit geröteten Wangen den Schein in die Hand.

„Na gut, dann bis zum nächsten Mal!", sagte sie in einer Unbekümmertheit, als ob sie ein Erdbeereis zusammen genossen hätten. Sie drehte sich um und verließ den Steinbruch mit schnellen Schritten. Günther Steinmüller setzte sich wieder auf den Stein auf dem Hügel und schaute in die Baumwipfel. Sein Gesicht zeigte eine tiefe Zufriedenheit. Er schätzte, dass Mathilde mindestens, bis Punkt 7 mitmachen würde. Die Vorgängerin hatte die ganze Liste geschafft, aber vielleicht wird auch Mathilde gieriger und gieriger, wie fast alle. Er stand auf und ging lächelnd von dannen, tief versunken in seiner eigenen Zufriedenheit, sodass er nicht mehr dieses neuerliche kratzende Geräusch Holz auf Holz wahrnahm.

16. Mai – frühmorgens

Der dunkelblaue Tesla 3 Long Range schnurrte fast lautlos und elektrisch auf den Lkw-Parkplatz im Hölzertal und wurde extra weit in Richtung Wald abgestellt, um nicht gleich aufzufallen. Es war gegen halb sechs Uhr morgens und die Sonne war kurz vor dem Aufgehen. Es war schon etwas Licht, aber es wurden noch nicht alle Ecken des Waldes und des Tales erleuchtet, und das war gut so. Maximilian May wollte selbst genug sehen, aber nicht zwingend gesehen werden. Sein Elektrofahrzeug war ein perfekter Begleiter in dieser Hinsicht. Einerseits ein Statement bezüglich Fortschrittlichkeit und Luxus, andererseits auch unauffällig und leise, wenn es darauf ankam. Für einen Mann in seinem jugendlichen Alter sicherlich ein außergewöhnliches Fahrzeug. Aber als Sohn eines wohlhabenden Vaters in verantwortlicher Position hatte er einige finanzielle Vorteile schon in jungen Jahren und er war auch ein Typ Mensch, der diese Vorteile gerne wahrnahm.

Er nahm sich die Männerhandtasche auf dem Beifahrersitz und schloss den Wagen ab. Sein Ziel war der alte Steinbruch, keine zweihundert Meter von dem Parkplatz entfernt. Er schaute sich prüfend um, doch es kamen keine Fahrzeuge auf der Straße entgegen. Ebenso war der Parkplatz leer. Er ging schnellen

Schrittes in Richtung Waldweg und lief diesen hinauf. Am Eingang des Steinbruchs angekommen, harrte er kurz aus und sah sich in aller Ruhe um. Niemand war im Halbdunkel des Waldes zu erkennen. Zufrieden ging er weiter in das Halbrund bis an die hohen steilen Wände des Steinbruchs. Rechts befand sich ein riesiger Ameisenhaufen, an welchem er vorbei bis zu einem vertrockneten Brombeerstrauch lief, welcher das Weiterkommen verhinderte. Hier bückte er sich und hob eine bemooste und kaum als solche zu erkennende Holzscheibe nach oben. Darunter lag eine größere Grube, vielleicht einen Meter tief und einen Meter breit. Er hatte diese Grube und den Deckel vor Monaten entdeckt, als er im Wald auf der Suche nach einem Versteck war. Er hatte keine Ahnung, wer die angelegt hatte. Wahrscheinlich waren es die Arbeiter vor Jahrzehnten, als der Steinbruch noch genutzt wurde. Jedenfalls war er sich sicher, dass außer ihm keiner diese Grube kannte. Er holte seine Handtasche nach vorne und entnahm ihm ein Paket mit einhundert Tabletten Methamphetamin oder besser Crystal Meth. Gerade als er es in die Grube herunterlassen wollte, hörte er das Geräusch. Es war ein Schaben, als ob Holz auf Holz rieb, wie wenn man einen hölzernen Deckel auf einer hölzernen Schiene entlang schob. Er fuhr herum. Das Päckchen hatte er in die Grube fallen lassen und er tastete nach seiner

Handtasche. Aus ihr zog er eine Glock 17 Selbstlade-Pistole, entsicherte diese und trat drei Schritte nach vorne.

„Hallo?", rief er halblaut. „Ist da wer?"

Es gab keine Antwort und er konnte auch nichts erkennen.

„Ich habe Dich gehört! Komm raus!"

Doch egal, wo er hinblickte, er sah nichts. Nur Büsche, Bäume und Hügel. Langsam trat er wieder rückwärts an die Grube. Plötzlich hörte er dumpfe Schläge, Metall auf Metall, wie wenn ein Hammer auf eine Metallplatte schlägt. Es kam von weiter her, nicht aus dem Steinbruch, nicht einmal aus der Nähe. Dennoch machte es ihn panisch. Sein Herzschlag hatte sich verdoppelt und das Blut pochte an seiner Schläfe.

„So eine Scheiße", dachte er.

Er lief mit der Waffe in der Hand und sich permanent im Kreis drehend aus dem Halbrund des Steinbruchs hinaus. Er wendete sich nach links, um zur Hölzertalstraße zu gehen, als er plötzlich erstarrte. Da war doch ein Licht!

„Hey. Wer ist da!", rief er und richtete die Pistole nach vorne. Das Licht verschwand.

„Hey, ich bin bewaffnet!", rief er jetzt noch lauter.

Sein Herz raste und die Adern an seiner Schläfe pochten immer wilder. Doch es war nichts zu erkennen und es gab keine Geräusche. Er lief langsam zurück und drehte sich dann um. Jetzt rannte er auf dem Wanderweg die Steinbruchwand empor. Ziellos und kopflos lief er weiter. Er war sich nicht sicher gewesen, ob jemand in dem Steinbruch war. Dieses schabende Geräusch war definitiv in der Nähe gewesen. Das Licht war nur kurz zu sehen gewesen, einfach ein leuchtender Punkt. Vielleicht nur ein Glühwürmchen? Dafür war es aber recht groß. Das Hämmern war von weit hergekommen. Das waren vielleicht nur Waldarbeiter oder vielleicht war es eine Baustelle auf der A8.

„Ich muss wieder zurück in den Steinbruch die Tüte holen", dachte er. „Nein scheiße! Keine Ahnung, ob da jemand war, aber das Risiko ist zu groß."

Der Wanderweg wurde breiter und mündete auf einen Wirtschaftsweg. Links sah er eine Hütte und das Arboretum. Er wendete sich nach rechts und rannte weiter.

„Ich muss zum Auto zurück. Wenn mich jemand anspricht, habe ich halt einen Spaziergang gemacht. Gut ein bisschen früh, aber ich konnte halt nicht schlafen. Viel Geschäft und so. Kein Problem." Seine Gedanken gingen wie wild durcheinander.

Kurz vor der Hölzertalstraße kam eine weitere Weggabelung und als er näher kam, sah er, dass ein Fahrzeug an der Seite stand. Die Schranke musste offen sein, ansonsten wäre das Fahrzeug nicht hereingekommen. Er war vorsichtig, denn Schranken wurden meist von Förstern oder Waldarbeitern geöffnet. Es war ein weinroter Dacia Dokker. Plötzlich bellten Hunde und erst jetzt sah er, dass vor dem Auto zwei Hunde an einen dürren Baum angeleint waren, ein mittelgroßer Hund und ein kleiner Dackel. Sie mussten ihn gewittert oder gehört haben. Er ging langsamer und schaute sich um, ob er den Hundebesitzer auch erspähte. Er sah jedoch niemand. Die Hunde bellten weiter und ihm kam die Situation mehr als seltsam vor. Was macht dieses Auto so früh hier und warum sind die Hunde hier angeleint? Dann stand er vor dem Auto, welches mit dem Heck zu ihm stand. Die Scheiben waren von innen beschlagen. Er trat heran und legte die Hände an die Heckscheibe, um in das Innere zu spähen. Er fuhr ruckartig nach hinten. Die Hunde kläfften immer vehementer und er legte nochmals die Hände an das Fahrzeug. Kein Zweifel, in dem Fahrzeug lag eine korpulente, grauhaarige Frau in einem Hundekäfig. Er versuchte die Hecktür zu öffnen.

„Hallo! Was ist denn da los. Ich hol Sie raus!", rief er und hämmerte an die Scheibe.

Die Frau lag wie im Schlaf im Hundekäfig. Doch die Hecktür war verschlossen. Er ging nach vorne zur Fahrertür und sah, dass die Motorhaube beschädigt

war. Er starrte irritiert auf die Haube, in welche drei
Zeichen tief eingestanzt waren:

16. Mai – vormittags

Hannah, Jens und Ermittlungsassistent Hansi Kopp saßen gegen acht Uhr morgens um den Besprechungstisch im Büro. Jeder war am Kaffeeautomat gewesen und hatte sich gemäß dem eigenen Nutzerprofil seinen Lieblingskaffee zaubern lassen. Hannah beäugte Hansi in letzter Zeit etwas argwöhnisch und sie ertappte sich bei dem Gedanken, mal zu überprüfen, wie oft Hansi an den Kaffeeautomaten ging. Sie könnte schwören, dass es häufiger war als sie selbst. Dann würde sie aber mal mit einer eigenen Excel-Tabelle dagegenhalten! Wie dem auch sei, heute wollten sie gemeinsam über den gestrigen Magstadter Fall sprechen.

„Also Freunde der Sonne", fing sie an „Was meint ihr zu unserem Magstadter Fall? Ich tippe auf eine Beziehungstat. Der Kollege ... wie heißt er doch gleich? Ah ja, hier stehts, Günther Maria Reitmaier, also der liebe Günther, ist irgendjemanden auf den Zeiger gegangen. Der hat ihn überwältigt und ein Exempel statuiert. Habt ihr bereits erste Erkenntnisse?"

Bevor Jens etwas sagen konnte, hob bereits Hansi an: „Also euer Hochwohlgeboren ...",

Hannah hob eine Augenbraue, der Junge war definitiv zu frech und musste mal eingenordet werden.

„…ich habe den lieben Günther mal auf diversen Datenbanken gesucht und auch gefunden. Und zwar hier". Er drehte ein vor ihm liegendes Apple Tablet herum und zeigte es in die Runde. „Das Güntherlein ist nämlich ein schlimmer Finger. Letztes Jahr gab es eine Anzeige gegen ihn. Und zwar wegen sexueller Belästigung bzw. Exhibitionismus. Der Vorwurf war, dass er vor dem Zimmerservice im Hotel sich einen runtergeholt hat. Das Verfahren wurde allerdings eingestellt. Es konnte nicht bewiesen werden, ob er schon am Schütteln war, als der Zimmerservice eintrat, oder ob er erst damit angefangen hatte, als die Dame schon da war. Ersteres wäre unproblematisch, da man privat ja machen kann, was man will und man nicht damit rechnen muss, dass jemand ins Zimmer kommt. Letzteres wurde vom Zimmermädchen behauptet. Angeblich lag er nackt und mit aufgestelltem Ständer im Bett und hatte ein paar Geldscheine auf dem Bauch. Aber -in dubio pro reo- wie der Lateiner sagt. Die Anzeige kam nicht zur Verhandlung."

„Ah!", meldete sich Jens. „Ich glaube, das hier passt auch dazu. Den habe ich in der Jacke gefunden, die er anhatte".

Er faltete einen vor ihm liegenden Zettel auf und zeigte ihn Hannah. Auf dem Zettel stand:

Sugar Daddys Playlist

1. Handjob: 20 Euro
2. Handjob mit Anfassen oben ohne: 30 Euro
3. Blowjob geschützt: 50 Euro
4. Blowjob ungeschützt: 70 Euro
5. Blowjob mit Aufnahme: 100 Euro
6. Geschlechtsverkehr geschützt: 150 Euro
7. Geschlechtsverkehr ungeschützt: 200 Euro
8. 69 und GV ungeschützt: 300 Euro
9. Eine ganze Nacht: 500 Euro
10. Eine ganze Nacht mit Bondage: 1.000 Euro

"Was ist denn das?", staunte Hannah. „Das klingt, als ob er ein Prostituierter gewesen wäre? Hat das etwas mit der Schwulen-Szene am Hölzersee zu tun? Vielleicht ist der Täter ein Freier?"

„Könnte sein", antwortete Jens. „Für mich klingt das so, als ob er das angeboten hätte, also er der Freier ist. Die Frage wäre dann, wer ist der oder die Prostituierte?"

„Am Hölzersee sind doch keine Prostituierten", gab Hansi zu bedenken. "Das sind meist nur Homosexuelle und die auch nicht gewerblich - oder? Das ist doch alles privat, darf doch jeder."

„So genau weiß ich das auch nicht. Vom Hörensagen würde ich dir recht geben", antwortete Jens.

„Was haben wir denn noch? Die drei Kreuze oder Pluszeichen. Hat das schon mal jemand gesehen?", fragte Hannah jetzt.

Sowohl Jens als auch Hansi schüttelten den Kopf.

„Also ich kenne das auch nicht, dem müssen wir nachgehen. Dann haben wir noch die Jacke. Diese gehört nicht Reitmaier. Es handelt sich um eine Ansitzjacke. Die hält eine ganze Nacht schön warm, angeblich sogar unter 0 Grad und wird von Jägern oder Förstern verwendet. Fingerabdrücke oder sonstige Spuren wie Haare etc. wird noch untersucht. Von der KTU kam bisher auch nichts Neues." Sie nippte am Café Latte. "Die Kabelbinder waren Baumarktware, die Wollmütze ist ein zehn Euro Ding von KiK."

Sie blickte auf und sah in die Runde. Doch beide Kollegen schwiegen.

„Okay", fasste Hannah zusammen. „So richtig etwas wissen, tun wir nicht. Hansi, Du gehst bitte mal den drei Kreuzen nach. Vielleicht gibt es etwas im Internet. Jens, Du bleibst bitte an der Jacke dran, KTU und so. Wir sollten herausbekommen, was der Kollege da wirklich im Wald gemacht hat, Spazierengehen war er jedenfalls nicht. Vielleicht ging es doch um so etwas wie Prostitution könnte eine Idee sein. Wir sollten auch sein privates Umfeld beleuchten. Um neun Uhr kommt der Jogger. Ein Marcus Schroeder. Ich glaube zwar nicht, dass der uns weiterhelfen kann, wahrscheinlich hat er ihn nur gefunden. Aber vielleicht hat er doch etwas beobachtet. Könnt ihr den bitte übernehmen?"

Um kurz nach neun Uhr traf Marcus Schroeder ein. Jens und Hansi saßen jetzt in einem separaten Besprechungszimmer und standen auf, als Schroeder eintrat. Jens fiel sofort die enorme, drahtige Geschmeidigkeit von Schroeder auf und aus irgendeinem Grund waren seine Sinne plötzlich hellwach. Dieser Mann war eine Sportmaschine vom aller Feinsten, sportlich, geschmeidig, dynamisch. Kein Muskelberg, sondern schlank und drahtig. Er hatte ein hellblaues, tailliertes Hemd und eine beigefarbene Chino-Hose an, kombiniert mit modischen weißen Sneakern und bunten Socken. Jens konnte die definierte Muskulatur unter dem eng anliegenden Hemd erahnen und man sah an seinem Hals und seinen Händen, welche Kraft dieser Mann hatte. Schroeder war nicht sehr groß, Jens schätzte ca. 175 cm und er durfte so um die 50 Jahre sein, was man an den ersten Altersflecken auf seinem Handrücken erkennen konnte. Jens fühlte sich bei seinem Anblick an jemanden erinnert, konnte aber nicht sagen, an wen.

„Guten Morgen die Herren, mein Name ist Marcus Schroeder", begrüßte Schroeder höflich, aber freundlich die beiden Polizisten. Jens meinte, eine kleine englische Aussprache bei seinem Namen erkannt zu haben.

„Guten Morgen, Herr Schroeder, bitte nehmen Sie Platz und vielen Dank, dass Sie sich Zeit nehmen. Ich hoffe, wir halten Sie nicht lange auf. Wollen Sie einen Kaffee?" Jens bot Schroeder einen Platz am Besprechungstisch an.

„Nein vielen Dank. Ich denke, ich kann Ihnen nicht viel berichten, es wird nicht lange dauern."

„Prima, na dann erzählen Sie uns doch ihre Beobachtungen".

Schroeder räusperte sich und erzählte detailliert, wie er Günther Reitmaier aufgefunden und dann die Polizei und den Notdienst verständigt hatte.

Jens spielte ein paar Sekunden mit einem Kugelschreiber in der Hand und fragte dann: „Okay, Herr Schroeder, Sie waren ja ziemlich früh auf den Beinen. Da war es kaum schon hell. Gehen Sie immer so früh los?"

Marcus Schroeder wirkte ob der plötzlichen persönlichen Frage etwas überrascht. „Äh ja. Ich liebe den beginnenden Tag und es ist kein anderer unterwegs daher – äh - ja, ich bin häufig früh unterwegs. Aber wenn nicht anders möglich auch mal spät abends."

„Sie joggen gerne allein, stimmts?"

Jens sah Schroeder direkt an.

„Ja. Ich bin kein Freund von Volksläufen."

Schroeder starrte misstrauisch zurück.

„Kannten Sie denn das Opfer?"

„Nein, das kannte ich nicht".

„Der Ort ist ja etwas ungewöhnlich zum Joggen, warum waren Sie den gerade hier und nicht auf den normalen Waldwegen?"

„Sorry, aber da gibt es keinen Grund. Ich entscheide das immer nach Bauchgefühl, wo ich gerade laufe. Liegt auch an der Distanz. Unter zehn Kilometern laufe ich eigentlich nie und da plane ich nie den Laufweg ganz genau."

Einer plötzlichen Eingebung folgend fragte Jens: „Wenn ich annehmen würde, Sie haben doch mit dem Opfer etwas zu tun und vielleicht waren Sie auch der Täter, was würden Sie sagen?"

Schroeder hob beide Augenbrauen, wirkte kurz erstaunt über diese Direktheit und lachte dann aber schallend:

„Ha, das ist ja tatsächlich wie im Fernsehen. Tja, da könnte ich Ihnen nichts entgegnen. Morgens war ich definitiv am Tatort, ich habe das Opfer ja gefunden. Und sorry, auch für die Nacht und den Abend zuvor, also wann auch immer die Tat war, habe ich kein Alibi. Gut gemacht, Herr Kommissar, Sie haben den Täter! Verhaften Sie mich!"

Er streckte beide Arme Jens entgegen und starrte lachend in dessen Gesicht. Scheinbar interpretierte er den Vorstoß von Jens als einen guten Witz. Jens starrte einige Sekunden zurück, blieb aber ernst.

„Okay, Herr Schroeder. Nochmals vielen Dank für Ihre Zeit. Bitte halten Sie sich in den nächsten Tagen zur Verfügung, falls wir noch Fragen haben. Ansonsten können Sie jetzt gehen."

Jens sprach absichtlich knapp mit ihm, vielleicht konnte er ihn ja doch noch verunsichern. Schroeder zuckte die Schultern und wurde wieder ernster.

„Das geht leider nicht, ich werde heute Nachmittag bereits in die USA fliegen", entgegnete er knapp.

„Oh! Wann kommen Sie wieder?", fragte Jens.

„Ich bin drei Nächte in New York und komme am 20. Mai wieder."

Er stand auf und schritt Richtung Tür. Jens stand auf.

„Ach Herr Schroeder, noch eine Frage, sind Sie eigentlich Deutscher?"

Schroeder drehte sich um und sah Jens direkt ins Gesicht. Seine Augen wurden leicht feindselig zusammengezogen.

„Ich bin sowohl Deutscher als auch Amerikaner. Meine Eltern zogen, als ich zwölf Jahre alt war, nach Amerika. Ich bin erst vor sechs Jahren beruflich wieder nach Deutschland gekommen. Warum ist das wichtig?"

„Ach nur wegen der Schreibweise Ihres Namens. Also Schroeder mit „oe" und nicht mit „ö". Das wollte ich für mich herausbekommen, das ist so ein Detail Ding von mir. Kriminaler-Krankheit, entschuldigen Sie."

Marcus Schroeder nickte leicht und verließ den Raum.

„Alter!", rief Hansi „was war das denn für ein Ding von Dir? Du hast ihm eine Täterschaft vorgehalten?"

Jens zuckte mit den Schultern: "War so eine Idee".

Die Tür ging auf und Hannah schaute herein.

„Wir haben noch ein Opfer!"

„Was?" Jens und Hansi riefen es gleichzeitig.

„Yep, eine Frau. Sie wurde betäubt und im Hundekäfig ihres Autos eingesperrt. Und wieder drei Kreuze, diesmal auf einer Motorhaube eingestanzt. Es scheint so, dass wir eine Serie haben!"

16. Mai – mittags

Miriam Dobler lag auf der Station „Innere Medizin" zur Beobachtung im Sindelfinger Krankenhaus. Diesen Wunsch hatte sie selbst geäußert, nachdem sie einigermaßen unbehelligt aus ihrem Hundekäfig befreit werden konnte. Sie hatte definitiv einen Schock erlitten und die Sanitäter hatten ihren Wunsch gerne erfüllt. Dr. med Sahid El-Rahman stand an ihrem Bett, nickte freundlich und lächelte. Miriam fühlte sich sichtlich wohl neben dem attraktiven syrischen Arzt und sie lächelte zurück.

„Keine Sorge Frau Dobler, Ihnen gehts so weit gut. Sie müssen sich etwas ausruhen und wenn Sie wollen, können Sie heute Abend auch nach Hause oder wir behalten Sie noch eine Nacht zur Beobachtung."

Miriam war hingerissen. Bevor der Arzt hereinkam, hatte sie sich entsetzlich geängstigt, da sie keinen Schimmer hatte, was ihr widerfahren ist. Außerdem wusste sie nicht, was mit ihren beiden Hunden geschehen war. Doch Dr. El-Rahman wirkte wie ein Beruhigungsmittel. Mit sanfter Stimme und gewinnendem Lächeln hatte er sie innerhalb von Minuten in seinen Bann gezogen.

Die Tür ging auf und es traten Jens Rammelt und Hansi Kopp herein.

„Ah Herr Doktor", begrüßte Jens Dr. El-Rahman. "Wir kennen uns noch von gestern!"

„Ah der Herr Kommissar", erwiderte Dr. El-Rahman. „In der Tat kenne ich Sie noch. Und interessanterweise habe ich die genau gleichen Informationen wie gestern für Sie. Halothan!"

„Du kriegst die Tür nicht zu! Alles genau gleich?", tat Jens erstaunt, wobei es ihn nicht überraschte. Hatten sie doch auch die drei Kreuze am Tatort gefunden.

Der Arzt nickte.

„Fast, es gab kein Diazepam, sondern nur das Narkose-Gas."

Miriam Dobler sah unverständlich von einem zum anderen. El-Rahman ergriff ihre Hand, tätschelte diese beruhigend und sagte:

„Keine Sorge Frau Dobler, das berede ich gleich mit dem Kommissar vor der Tür. Die beiden Herren hier sind von der Kriminalpolizei. Jetzt erzählen Sie erst mal ihre Geschichte."

Miriam war sofort wieder beruhigt und hätte El-Rahman lieber noch weiter zugehört. So aber erzählte sie alles, was sie wusste und gesehen hatte, den beiden Polizisten. Leider hatte sie weder etwas gesehen, noch wusste sie, was ihr passiert war. Daher beschrieb sie lieber sehr wortreich ihre beiden Hunde und dass diese sowieso die besten Begleiter für sie wären. Irgendwann fiel ihr dann noch der Vorfall von einigen Tagen zuvor ein und so erzählte sie noch von dem Jäger, welcher ihr mit dem Abschuss der beiden Hunde gedroht hatte.

„Ach was, der wollte ihre Hunde erschießen?" fragte Jens erstaunt.

„Ein böser Mensch! Hasst alle Tiere! Deswegen ist der bestimmt auch Jäger, weil er dann Tiere töten kann. Meine zwei großartigen Jungs! Die keinem etwas zuleide tun! Und wissen Sie, Herr Kommissar, die Hunde brauchen ja Auslauf. Wenn ich die immer an der Leine lasse, dann werden die ganz unruhig! Und ich geh ja immer so, dass die niemanden stören, also früh am Morgen oder auch etwas abseits! Also da kann ich die schon laufen lassen! Und im Hölzertal machen das ja auch andere! Nein, dieser böse Mann gehört weggesperrt."

„Äh ja, kennen Sie den Jäger, wissen Sie seinen Namen?"

„Nein, den kenn ich nicht. Leider. Wenn ich den kennen würde, hätte ich den schon längst angezeigt!"

„Okay, auf ihrem Auto sind drei Kreuze auf der Motorhaube eingestanzt, können Sie hierzu etwas sagen?"

„Was ist auf meinem Auto? Eingestanzt? Wo? Das kann nicht sein! Da ist nichts eingestanzt!"

Miriam schaute irritiert.

Jens schaute zu Hansi, der rollte mit den Augen.

„Nun gut, Frau Dobler, dann ruhen Sie sich doch erst mal aus. Wir sprechen mit dem Doktor noch kurz vor der Tür. Wenn Ihnen doch noch etwas einfällt, dürfen Sie mich immer anrufen."

Er gab ihr eine Visitenkarte, stand auf und ging zur Tür. Dr. El-Rahman wollte ihm hinterhergehen, Miriam vergaß jedoch, seine Hand loszulassen. El-Rahman lächelte amüsiert.

„Ach Herr Doktor, bei Ihnen fühle ich mich einfach so gut aufgehoben", sagte Miriam Dobler entschuldigend und mit ihrem besten Augenaufschlag zu El-Rahman. „Auch wenn Sie nicht von hier kommen."

El-Rahman sah irritiert zu ihr, dann zu Jens Rammelt und dann wieder zu ihr.

„Was meinen Sie mit „nicht von hier kommen"?"

„Na, dass Sie nicht von hier sind. Wo kommen Sie denn her?"

El-Rahmans Augen wurden zu kleinen Schlitzen:

„Aus Gelsenkirchen."

16. Mai – abends

Hannah und Jens fuhren in die Hölzertalstraße zum Tatort, wo Miriam Dobler gefunden wurde. Der Dacia stand noch an Ort und Stelle. Ein Polizeiwagen stand gegenüber in einem der Wege, die hier abzweigten und Jens erkannte die zwei Polizisten, den „Sprechenden" und den „Schweigsamen" vom letzten Mal.

„Na endlich!", murrte der sprechende Polizist Jens entgegen „Wir stehen hier schon mindestens zwei Stunden."

„Immer die gleiche Platte, Herr Kollege!", gab Jens zurück, während Hannah das Geplänkel ignorierte. Jens befragte den Polizisten nach deren Kenntnisstand.

Hannah lief am Auto nach vorne und begutachtete die Motorhaube mit den drei Kreuzen. Jens kam zu ihr.

„Die KTU hat Fingerabdrücke genommen, sonst gabs wohl nichts, sagt der Kollege."

„Wer hat sie gefunden?", fragte Hannah.

„Ein Maximilian May aus Magstadt. Der war wohl auch früh spazieren. Sind wohl alles Frühaufsteher in Magstadt. Jedenfalls hat er den Notruf angerufen, als er die Frau fand."

In diesem Moment hörten Sie das Geräusch von bremsenden Fahrradreifen auf einem Kiesweg. Die zwei Polizisten, Jens und Hannah sahen gleichzeitig den Weg entlang, auf welchem das Geräusch entstanden ist. Keine dreißig Meter entfernt stand ein Mountainbiker quer auf dem Waldweg.

„Hey Sie!" rief Jens. „Kommen Sie mal her!"

Der Biker rührte sich nicht, sondern starrte durch seinen Mountainbike-Helm. Jens erkannte, dass es sich um einen jungen Mann handeln musste.

„Na komm" rief er ihm zu und lief auf ihn zu.

Der Biker drehte sein Rad, man hörte das Knacken seiner Gangschaltung, als er die Gänge herunterschaltete und nach oben losfuhr. Jens fing an zu rennen, doch der Biker war sichtlich schneller. Jens stoppte und rannte den Weg wieder herunter.

„Auf Kollege, in den Wagen und hinterher!", schrie er den sprechenden Polizisten an.

Dieser sprang ans Steuer des Polizeiwagens, Jens und Hannah stiegen auf die Rückbank ein. Der schweigende Polizist glotzte.

„Lassen Sie Ihren Kumpel hier und geben Sie Gas!", herrschte Hannah den Polizisten am Steuer an.

Der silber-blaue 3-er BMW fuhr mit steinaufwirbelnden Reifen ein Stück nach hinten, wendete und preschte dann hinter dem Biker her. Nach ein paar Hundert Metern sahen sie den Biker vor sich. Der

BMW war deutlich schneller und er näherte sich dem Biker rapide. An der nächsten Weggabelung bog der Biker nach links Richtung Steinbruch ab. Der Weg wurde schnell enger und zu einem Wanderweg. Der Polizeiwagen musste stoppen, als er vielleicht noch dreißig Meter hinter dem Biker war. Der Weg war für Autos zu Ende und war jetzt ein Wanderpfad durch ein Brennnesselfeld.

Jens und Hannah sprangen aus dem Fahrzeug und rannten dem Biker hinterher.

„Drehen Sie um und dann die Hölzertalstraße entlang", schrie Jens dem Polizisten noch zu.

Hannah und Jens rannten so schnell sie konnten und hielten den Abstand zu dem Mountainbiker. Der Wanderweg war auch für gute Mountainbiker nicht einfach zu fahren, wurde am oberen Rand des Steinbruchs aber wieder weiter. Der Mountainbiker sprang gekonnt über zwei dort im Weg liegende Steine und konnte dann den Weg nach unten nehmen. Jetzt vergrößerte sich der Abstand schnell wieder. Hannah, als die Ausdauernde von beiden versuchte noch hinter ihm herzulaufen. Jens blieb am Eingang des Steinbruchs stehen und keuchte erst mal. Nach dem dritten oder vierten Keuchen hielt er kurz die Luft an. Es war nur eine kleine, kaum wahrnehmbare Bewegung links von ihm. Er fuhr herum und sah einen Schatten hinter jungen Bäumen verschwinden. Er runzelte die Stirn, zog seine Dienstpistole aus dem Schulterhalfter, entsicherte diese aber noch nicht.

„Hallo!", donnerte er "Wer ist da? Kommen Sie raus!" Er lief einige Schritte in den Steinbruch bis zu der Stelle, wo er die Bewegung wahrgenommen hatte. Da standen dünne Bäume nicht allzu eng und er spähte vorsichtig nach rechts in Richtung von zwei Hügeln, die bis zur Steinbruchwand reichten. Mit der Waffe in der Hand lief er in diese Richtung bis zu zwei bemoosten Baumstümpfen. Hier lag ein großer Baumstamm quer und er hatte keine Lust darüber zu steigen. Darunter durchschlüpfen würde zwar gehen, war ihm aber zu nassfeucht auf dem Boden. Also stand er ruhig und möglichst bewegungslos da und horchte und schaute. Da war etwas gewesen, er war sich ganz sicher und es war groß gewesen, ganz sicher kein kleines Nagetier. Vielleicht ein Mensch, aber warum versteckt dieser sich? Na gut, er stand mit der Pistole in der Hand in einem Wald bei Magstadt. Vielleicht nicht gerade sehr vertrauenserweckend, kam ihm in den Sinn. Doch er konnte noch immer nichts sehen oder hören. Nur die Vögel und ihr Geschrei und manchmal ein Rascheln, vermutlich auch von Vögeln. Oder da! Ein Schaben wie Holz auf Holz. Er hielt den Atem an und hörte nochmals konzentriert. „Hallo! Kommen Sie raus, ich bin von der Polizei!"

73

Immer noch nur Waldgeräusche.

„Ich steck auch meine Waffe wieder ein!"

Immer noch nichts. Er ging jetzt doch zu dem querliegenden Baumstamm, bückte sich und schaute hindurch. Aber es war nichts Ungewöhnliches. Nur die beiden Erdhügel, Baumstümpfe, Brennnesseln und Farngewächse. Alles war unberührt, hier hatte sicherlich kein Waldarbeiter über Jahre etwas gemacht. Der Boden war zu karg und steinig für Bäume, daher wuchs nur Unkraut. Jens schnaufte tief durch und entschied sich umzudrehen. Er verließ den Steinbruch wieder. Auf dem Wirtschaftsweg kam ihm Hannah entgegen.

„Der ist weg" sagte sie.

Ihr Atem ging nur unmerklich, trotz der Anstrengung.

„Vielleicht war es nur ein Jugendlicher, der die Polizei nicht mag!", mutmaßte Jens.

„Vielleicht" murmelte Hannah. "Wo ist der Kollege?"

„Hoffentlich unten an der Hölzertalstraße", entgegnete Jens.

Sie liefen den Weg hinunter zur Straße. Doch dort angekommen, sahen sie keinen Polizeiwagen.

„Kacke, jetzt müssen wir zum Auto zurücklaufen" motzte Hannah.

Sie liefen durch das Hölzertal am Rankbach entlang und dann zum Waldrand Richtung Hölzersee. Als sie an einem Jägerhochstand vorbeikamen, sahen sie einen Jäger oben sitzen.

„Hallo!", rief Hannah.

Der Jäger schaute herunter.

„Was ist?", fragte er sichtlich genervt.

„Wir sind von der Polizei. Wir wollten fragen, ob sie einen Mountainbiker gesehen haben?"

„Ja habe ich. Vor fünf Minuten."

„Und wo ist der hin?", fragte Hannah..

„Na, dort drüben hoch in den Wald und dann wahrscheinlich nach Magstadt."

„Ok Danke", sagte Hannah.

„Wollen Sie wissen, wer das war?", fragte der Jäger.

„Was? Ja, klar, kennen Sie den?", staunte Hannah.

„Klar, ich kenn alle Arschgeigen, die hier den Wald kaputtbrettern."

„Kommen Sie mal bitte runter, wir müssen reden!"

17. Mai – vormittags

Sus_Anne: Kann jemand was sagen zu den komischen Vorfällen im Wald?

Kleine Daniela: Nö, was ist passiert?

Sus_Anne: Na die Sache mit der Miriam und den Hunden!!!

Kleine Daniela: Was war denn mit der Miriam?

Sus_Anne: Sag mal kriegst Du gar nichts mit?? Die wurde überfallen!

Der_Manfred: Und davor noch ein Mann!

Sus_Anne: Und die Miriam soll vergewaltigt worden sein! Die liegt jetzt im Krankenhaus! Echt jetzt!

Der_Manfred: Und den Mann haben sie zusammengeschlagen und ausgezogen. Feige Bande!

Kleine Daniela: Was?? Das ist ja schrecklich! 🐱

Sus_Anne: Und die Hunde wurden geschlagen! Und dann angebunden!

Der_Manfred: Das wird ja auch immer schlimmer hier! Erst Polizeiwache weg, dann kommen die ganzen Flüchtlinge.

Kleine Daniela: Das waren Flüchtlinge?

Der_Manfred: Hier kann doch jeder machen was er will. Früher, als wir die Wache noch hatten, hat der Dorfsheriff doch alles geregelt und jetzt … 😨

Sus_Anne: So ein Quatsch! War früher doch nicht besser!

Der_Manfred: *Doch! Und der Bürgermeister, die Voll-pfeife, lässt sich alles gefallen! Der denkt doch nur daran, ob nicht seine Obstwiese endlich Bauland wird!*
Kleine Daniela: *Stimmt, der May ist echt zum Kotzen! Und uns schützen kann der gar nicht!*
Der_Manfred: *Wir sollten echt mal was gegen diese Räuberbande machen…!*

Dr. Rainer May drehte den Laptop mit dem Facebookchat von „Magstadt aktuell" wieder zu sich. Er war seit nunmehr sieben Jahren der Bürgermeister in Magstadt und die nächsten Wahlen standen in einigen Monaten an. Bei den letzten Wahlen war er ein Kompromisskandidat gewesen, parteilos und damit die Hoffnung einiger, dass der ewige Streit zwischen den Gemeinderatsparteien endlich zum Ende kommen wird. Doch auch er hat trotz seiner sachlichen und emotionslosen Art keine Gräben zuschütten können. Magstadt war, wie viele Gemeinden im Schwäbischen, fest in der Hand von mehreren Familien, welche die Gemeinderatstätigkeit quasi in Erbfolge entwickelten und pflegten. Teilweise saßen drei Generationen von einer Familie gleichzeitig im Gemeinderat. Die nächste Generation wird mittels diverser Vereinstätigkeiten und Mitgliedschaften bereits für die Zukunft fit gemacht. Familieninteressen werden bei Gemeinderatsentscheidungen betrachtet und man hat jahrelang darauf geachtet, dass es allen im Gemeinderat und manchmal auch den länger in Magstadt Wohnenden gerecht wurde. Letztere wurden nur beachtet, da man natürlich wusste, dass man deren Stimmen doch immer mal wieder brauchen würde. Aber seit die Ortsumfahrung geplant wurde, kollidieren einige Interessen heftig miteinander und gegenwärtig herrschte Krieg. Ein Krieg, der mit immer subtileren Mitteln geführt wurde und neuerdings auch im Netz stattfand. Rainer May konnte sich gut vorstellen, welcher Sohn eines Kontrahenten hinter dem Pseudonym *Der_Manfred* steckte. Diese Geschichte da im Wald durfte sich nicht gegen ihn entwickeln.

Vor ihm saßen jetzt Hannah und Jens und wussten erst mal nicht, was sie sagen sollten. Einerseits weil sie schlicht überrascht waren, dass der Bürgermeister sie sprechen wollte. Andererseits glaubten sie nicht, dass dieser Facebook-Chat mit ihren Ermittlungen zu tun hätte.

„Tja Frau Schön und Herr Rammelt. Das ist nicht wirklich schön". Erst jetzt bemerkte Rainer May den kleinen Witz in seiner Aussage und er musste unwillkürlich doch noch lächeln. Dann wurde er aber gleich wieder ernst. „Was können Sie mir denn sagen, was da bei uns vorgeht?"

Hannah räusperte sich vernehmlich.

„Also Herr Dr. May, bei allem Respekt, aber es sind gerade mal zwei Tage vergangen seit dem Auffinden des ersten Opfers! Ich weiß zwar, dass jeder Tatort im Fernsehen innerhalb von nur einem Tag den Täter überführt, aber glauben Sie mir, die Realität sieht völlig anders aus! Wir stehen noch ganz am Anfang unserer Ermittlungen, nehmen alle Spuren derzeit auf, interviewen Zeugen. Sobald sich Ergebnisse zeigen, erfahren Sie es als einer der Ersten!"

Rainer May nickte unmerklich: "Schön schön, aber der Facebookpost hat Ihnen hoffentlich gezeigt, dass andere Bereiche inzwischen schneller drehen. Sie können gerne mal mit mir über den Wochenmarkt laufen und zuhören, was mir die Leute alles zurufen. Ich werde hier für so ziemlich alles, was schief läuft, verantwortlich gemacht. Ich kann Ihnen sagen, dass ich in der nächsten Gemeinderatsrunde mir zu diesem Thema vieles anhören muss, und ich hätte gerne erste Antworten bis dahin."

„Das verstehen wir ja. Dennoch muss ich Ihnen klar sagen, wir sind derzeit am Ermitteln. Wir haben einige Zeugen, welche erste Wahrnehmungen hatten, und es deutet vieles darauf hin, dass wir es mit ein und demselben Täter zu tun haben."

Hannah holte ihr Handy hervor und rief ein Bild auf. Sie zeigte es dem Bürgermeister von Magstadt.

„Das sind drei Kreuze, welche wir an beiden Tatorten gefunden haben. Sie stammen mit hoher Wahrscheinlichkeit vom Täter. Irgendeine Botschaft. Kennen Sie diese Zeichen?"

Rainer May sah kurz auf das Handy-Foto und schüttelte den Kopf.

„Tut mir leid, sagt mir nichts. Wenn es etwas mit der Gegend hier zu tun hat, bin ich der falsche Ansprechpartner. Ich bin erst vor ein paar Jahren aufgrund meiner Wahl zum Bürgermeister hierhergezogen."

Hannah sah zu Jens, der unmerklich nickte: „Okay Herr Dr. May, dann verspreche ich noch mal, dass wir sie umgehend über Ergebnisse informieren werden. Diese Facebookchats sind sicherlich ärgerlich, haben aber mit dem Fall an sich nichts zu tun. Wenn Ihnen noch etwas einfallen sollte, nehmen Sie bitte mit uns Kontakt auf."

Mit diesen Worten reichte sie ihm eine Visitenkarte und stand auf.

Draußen auf dem Marktplatz holte Hannah erst mal tief Luft.

„Meine Güte, jetzt müssen wir schon die Kommunalpolitik beachten. Mir doch egal ob der wiedergewählt wird!", machte Hannah sich Luft.

Jens grinste.

„Komm, dort drüben gibt es das beste Eis hier in der Gegend. Lass uns eine Kugel holen und dann gehen wir noch mal bei dem Jäger von gestern Abend vorbei."

Eine halbe Stunde später klingelten die beiden bei Siegfried Steinmüller. Steinmüller wohnte in einem schönen, gepflegten Einfamilienhaus älteren Baujahrs in der Birkenstraße. Das Haus war an den Giebeln mit Holz verkleidet und erinnerte an die Häuser im Allgäu und in Oberbayern. Um das Haus war ein typischer deutscher Garten angelegt, mit gepflegtem Rasen, ordentlichen Büschen als Grenzbewuchs und kleinem Steingarten vor der Haustür. Steinmüller und seine Frau waren zu Hause und baten die beiden Ermittler ins Wohnzimmer. Gertrude Steinmüller servierte Kaffee und Kekse.

„Herr Steinmüller, vielen Dank noch mal für die Auskünfte gestern. Den Namen des Mountainbikers, den sie erkannt haben wollen, haben wir gestern schon notiert, ein Malte-Sören Häberle. Der Junge ist derzeit in der Schule und wir werden ihn heute Nachmittag aufsuchen. Bitte nochmals zur Erinnerung, der Junge ist nur gegebenenfalls ein Zeuge und in keiner Weise verdächtig", begann Hannah.

„Das ist ja direkt schade", brummte Steinmüller.

„Wieso das denn?"

„Na würde mal Zeit, dass diese verfluchten Mountainbiker eine aufs Dach bekommen. Rotzfreche

Bengel sind das. Und dann fahren sie nicht nur den erlaubten Weg oder Trail, wie man das nennt. Nö, die brettern dann auch noch durch selbstangelegte Wege. So eine Sauerei. Scheuchen das Wild auf, zerfurchen den Waldboden!"

Steinmüller war jetzt in Fahrt. Hannah versuchte das Gespräch auf einen anderen Focus zu legen.

„Ja, das ist ärgerlich! Was wir noch wissen wollten Herr Steinmüller: Ist Ihnen gestern Abend außer dem Mountainbiker noch etwas anderes aufgefallen? Und vor allem waren Sie vielleicht morgens auch ansitzen und haben da Beobachtungen gemacht? Wir interessieren uns für die Zeit so um sechs Uhr in der Früh?"

„Nö, ich bin derzeit nur abends ansitzen. Und was soll mir aufgefallen sein? Vorgestern Abend habe ich wieder ein totgebissenes Rehkitz gefunden. Das ist mir aufgefallen. Ein unverantwortlicher Hundebesitzer hat mal wieder seine Töle durch den Wald rauschen lassen. Meinen Sie das vielleicht?"

„Äh, ja, nein, ich weiß nicht, ich kann das mal ja notieren ....", gab Hannah zurück.

Jens grinste und aß Kekse. Er hatte so eine Ahnung, dass Steinmüller jetzt erst in Fahrt war.

„Oder interessieren Sie sich vielleicht für das Nacktgesindel am Hölzersee. Jetzt, wo die Tage wieder wärmer sind, kommen die wieder raus aus ihren Löchern! Vergnügen sich im Wald mit ihrem Dreck. Ist das eigentlich erlaubt? So eine Sauerei, wenn das Kinder sehen! Ach übrigens Kinder. Sie könnten auch mal die Jugendlichen hopsnehmen, welche mit ihren getunten Scheißkarren am Hölzersee rumstehen, saufen, in den Wald urinieren und ihren ganzen Müll im Tal verteilen, meinen Sie solche Beobachtungen? Aber das habe ich ja schon tausendmal erzählt, auch dem Dr. May der Oberpfeife! Da macht doch keiner was. Und jetzt kommen Sie und stellen blöde Fragen! Ach komm, hör doch auf…"

Steinmüller ruderte wild mit seinen Armen.

Hannah sah hilflos zu Jens, der stopfte gleich drei Kekse in den Mund und Hannah war sich sicher, dass er kaum noch das Lachen unterdrücken konnte.

„Also nein, so was meinen wir leider nicht. Ich gebe Ihnen natürlich recht, das ist alles nicht schön. Aber wir haben es mit zwei Gewaltdelikten zutun. Einmal wurde in der Nacht vom 14. auf den 15. Mai. ein Mann halb nackt an einen Jägerhochsitz gefesselt. Das zweite Mal wurde am 16. Mai morgens eine Frau überfallen und in den Hundekäfig in ihrem Auto eingesperrt."

„Bei beiden Taten wurde ein Zeichen gefunden", mischte sich jetzt Jens noch leicht kauend ein.

Er zückte sein Handy und zeigte Steinmüller ein Bild.

„Diese drei Kreuze. Kennen Sie das Zeichen vielleicht?"

Steinmüller besah sich das Foto nur kurz und es sah so aus, als ob er leicht erschrak. Dann sah er zu Jens und Hannah und es schien, als wusste er nicht, was er antworten sollte. Nach endlosen Sekunden sagte er: „Ja, das kenn ich. Das ist das Zeichen von damals, von dem Waldschrat."

Jens war verblüfft und richtete sich auf.

„Noch ein Kaffee?", fragte Gertrude Steinmüller.

„Oh nein, vielen Dank", sagte Jens, fast etwas ärgerlich ob der Unterbrechung und zu Siegfried Steinmüller gewannt, fragte er: „Der Waldschrat? Was denn für ein Waldschrat?"

„Das ist eine alte Geschichte aus den Siebzigern." Steinmüller wirkte jetzt ruhig und sehr gefasst. Gertrude Steinmüller stand derweil auf und verschwand in der Küche, etwas beleidigt, da keiner mehr Kaffee oder Kekse wollte und sie zudem nichts gefragt wurde.

Steinmüller lehnte sich zurück und genoss für ein paar Sekunden die ungeteilte Aufmerksamkeit der beiden Ermittler.

„Also, so wahnsinnig viel weiß ich da auch nicht mehr. Da gibts bestimmt noch ein paar Andere in Magstadt, die mehr wissen. Oder in eurem Archiv gibt´s den Fall bestimmt auch noch. Das war so Anfang der Siebzigerjahre. Da gab es mehrere Vergewaltigungen. Und eines der Opfer war die Frau des

Waldschrats. Also wir nannten den so. Der hieß Müller, ein Kriegsveteran. Der wurde im Krieg zum Idioten. Hat nach der Rückkehr immer von Geistern gesprochen, mit denen er Kontakt hat. Einer der ersten spirituellen Gurus quasi." Er versuchte ein Lachen. "Damals einfach nur der Depp. Seine Frau jedenfalls starb nach einer solchen Vergewaltigung. Und er hat sie gerächt. Also den Günne Gassner, den angeblichen Vergewaltiger, den hat er kaltgemacht. Und bei dem Toten hat man diese Kreuze gefunden."

Jens sah Hannah mit großen Augen an. Hannah fragte weiter: „Diese Kreuze hat man damals gefunden, sagen Sie. Wissen Sie auch noch, wie oder wo man die gefunden hat?"

„Ich glaube, die waren in einem Baumstumpf eingeschlagen, weiß ich aber nicht mehr genau. Sollte irgendeine Bedeutung wegen Waldgeistern haben. Aber der Müller hatte ja auch einen Vogel. Verschwand danach im Wald. Zusammen mit seinen beiden Kindern. Hat man wochenlang nicht mehr gesehen. Die Polizei hatte das ganze Waldgebiet durchgepflügt. Die waren wie vom Erdboden verschwunden. Dann standen eines Morgens plötzlich die beiden Kinder am Marktplatz. Und der Müller war verschwunden. Den hat man nie wieder gesehen. Das war ein Drama damals!"

Jens und Hannah waren erst mal baff ob dieser Informationen. Die wenigen Sekunden Ruhe nutzte Gertrude Steinmüller, die inzwischen wieder zurückgekehrt war, da sie doch ihre Neugier nicht zurückhalten konnte:

„Vielleicht möchte jemand noch ein Tee, ich könnte auch Tee machen?"

„Ich könnte doch noch einen Kaffee brauchen", sagte Hannah und machte Gertrude Steinmüller damit glücklich.

„Wer könnte uns denn zu dem alten Fall noch mehr Details schildern?" fragte Jens.

Siegfried Steinmüller überlegte kurz.

„Der Hans. Hans Gerber, Leiter unseres Heimatmuseums. Der kennt alle Geschichten in und um Magstadt. Und der hat damals den Ermittlern geholfen."

„Magstadt hat ein Heimatmuseum?", staunte Jens.

„Jawohl! Haben wir! Und den Hans ruf ich gleich mal an, vielleicht hat er Zeit und kann uns noch mehr erzählen."

Mit diesen Worten stand er auf und ging zum Telefon.

Eine halbe Stunde später saß Hans Gerber mit am Kaffeetisch und Gertrude Steinmüller holte noch

einen Hefezopf aus der Gefriertruhe, um diesen auf-
zubacken.

Hans Gerber war ein rüstiger Endsiebziger mit wa-
chen grau-blauen Augen und schütterem Haar. Er
sprach langsam und betont. Man ahnte, dass er ein
belesener Mann sein musste. Er hatte auch eine kleine
Aktentasche mitgebracht.

„Siegfried hat mir gesagt, Sie wollen Details zum alten Müller Fall?", begann er.

„Genau Herr Gerber", antwortete Jens, da Hannah
aufgestanden war und etwas zurückgezogen stand.
„Bitte so detailliert wie möglich. Und vor allem hätten wir gerne etwas zu den drei Kreuzen gewusst."

„Ich fang mal mit dem Joseph an. Joseph Müller war
ein Kriegsrückkehrer. Mit 16 Jahren ist er in den
Krieg eingezogen worden, der arme Kerl. Kurz vor
dem Ende also so Anfang 1945. Das lag an seiner Statur. Er war nicht sehr groß, aber eine Kante, wenn Sie
verstehen. Der hatte mit 16 schon die Kraft, die andere mit 25 nicht haben. Er war einer der Überleben-
den des Balkanfeldzugs. Als die deutsche Armee 1945
aus dem Balkan vertrieben wurde, mussten die deutschen Soldaten über das slowenisch-österreichische
Grenzgebiet zurückweichen. Nur wenigen gelang die
Flucht nach Österreich. Die meisten wurden von den
Tito-Partisanen gefangen genommen. Und glauben
Sie mir, das war eine Katastrophe für die Gefangenen.

Joseph aber zählten zu denen, die flüchten konnten. Aber er war nicht bei den Truppenteilen, die sich in der Steiermark oder in Kärnten den Briten ergaben. Joseph musste sich bis nach Magstadt völlig allein durchgeschlagen haben. Wie er das geschafft hat, war allen ein Rätsel. Wie gesagt, war das südöstliche Österreich von den Briten besetzt. Das Salzburger Land und Bayern von den Amerikanern und Tirol, Vorarlberg und Teile Baden-Württembergs von den Franzosen. Die alliierten Soldaten haben eigentlich jeden wehrfähigen jungen deutschen Mann kontrolliert und gefangen genommen. Irgendwie hat er es an allen vorbeigeschafft. Als man ihn fragte, wie er das geschafft hatte, hat er von Leuten aus dem Wald erzählt."

Hans Gerber rührte bedächtig in seinem Kaffee und es schien, als wartete er auf die Wirkung seiner Worte.

"Das war eine komische Geschichte. Joseph sagte, er wäre nicht allein gewesen, es hätten ihm andere geholfen. Waldmenschen oder Waldgeister. Das haben die meisten Leute natürlich als Spinnerei abgetan. In der Wehrmacht war damals Pervitin sehr in Mode. Das nennt man heute Chrystal Meth. Die Soldaten haben das wie Schokolade gegessen, sie nannten es auch „Panzerschokolade". Es hat die Soldaten leistungsfähig und ausdauernd gemacht, hatte aber auch

88

enorme Nebenwirkungen. Psychosen, Wahnvorstellungen und solche Dinge. Viele vermuten, dass die Droge auch bei Joseph solche Nebenwirkungen ausgelöst hatte. Dennoch habe ich seine Geschichte nach seinem Verschwinden in den Siebzigerjahren recherchiert, also was er damit gemeint haben könnte. Und dabei bin ich auf etwas Interessantes gestoßen. Joseph ist vermutlich durch das Lesachtal in Kärnten geflüchtet. Und in dieser Gegend gibt es die Sage von den „guten Leutlein" aus dem Wald."

Hans Gerber ließ seinen Worten eine Pause folgen, wohl um die Bedeutung seiner Entdeckung noch zu unterstreichen. Das gelang nur leidlich. Jens runzelte etwas verwirrt die Stirn. Hannah ging ans Fenster und lehnte sich mit verschränkten Armen an das Fensterbrett. Man konnte ihr ansehen, dass sie die Geschichte nicht ernst nahm.

„Guten Leutlein? Und was hat es damit auf sich?", fragte Hannah eine Spur schnippisch.

„Bei den „guten Leutlein" soll es sich um Waldbewohner handeln. Diese würden nur in der Nacht erscheinen, sollen sehr naturverbunden sein und den Menschen helfen, welche guten Leumunds sind. Die Geschichten bezeichnen sie einmal als Menschen, die im Wald wohnen und einfach sehr naturverbunden sind. Zum Beispiel, die Geschichte von dem Bauern, der diese Leute bewirtete, aber sobald er ihnen

Lammfleisch auftischte, sind sie in heller Aufregung und verlassen ihn schnell. Dann gibt es typische Geschichten von zaubernden Waldtrollen. Ein Ziegenhirte, der den „guten Leutlein" Ziegenmilch schenkt und dafür Gold findet, während ein anderer Hirte nur verdorbene Ziegenmilch ausschenkt und dafür für immer Pech hat. Es gibt auch die Geschichte einer Magd, welche… "

„Sorry" unterbrach ihn Jens „Ich bin mir nicht ganz sicher, ob das mit unserem Fall noch etwas zu tun hat."

Hans Gerber sah ihn beleidigt an.

„Wollen Sie etwas über diesen Joseph Müller wissen oder nicht?"

„Ja natürlich, entschuldigen Sie, aber bitte beschränken Sie sich auf das Wesentliche."

„Vorhin hieß es noch so detailliert wie möglich", fuhr Hans Gerber sichtlich verschnupft fort. „Jedenfalls hat Joseph von diesen Leuten erzählt. Dass er sie getroffen habe, im Kriegsjahr 1945 und dass sie sich seiner angenommen hätten. Sie hätten ihn versteckt vor den Partisanen aus Slowenien und Kroatien, weil sie erkannt hätten, dass er ein unschuldiger verführter Junge war. Die Partisanen wüteten wie Berserker. Sie hatten es nicht nur auf die deutschen Soldaten abgesehen, sondern auch auf Kollaborateure der kroatischen Streitkräfte. Das mündete zum Beispiel in das

Massaker von Bleiburg. Die Waldmenschen, oder wer das auch immer war, schützten Joseph vor diesen Partisanen, in dem sie ihn aufnahmen und ihn in ihren Erdställen versteckten."

Wieder machte Hans Gerber eine Bedeutungspause. Jens erkannte, dass er hier nachfragen sollte.

„Erdställe? Sie meinen Erdhöhlen."

„Nein!"

Über Hans Gerbers Gesicht huschte ein zufriedenes Lächeln und Jens ahnte, dass er jetzt zu einem längeren Monolog ansetzen würde.

„Ich meine Erdställe! In Österreich sagt man auch Schrazlloch oder Rätlesloch. Erdställe bestehen aus einer Vielzahl von Bauelementen: enger Einstieg, Fallröhre, niedrige Gänge und Durchschlupfe. Sie sind weitverzweigte Gangsysteme mit großen Kammern, Sitz und Lichtnischen. Auffällig ist auch, dass ein normal großer Mensch sich nur auf allen vieren kriechend hindurchbewegen kann. Diese Erdställe sind wirklich ein Mysterium und man weiß recht wenig über sie. Sie kommen in Tschechien und Österreich vor, aber auch teilweise hier in Süddeutschland. Zum Beispiel in Einsbach in Oberbayern. Da gibt es ein Erdstall-Gangsystem zwischen der Pfarrkirche und dem Pfarrhof. Vermutlich sind diese Erdbauten im Mittelalter entstanden. Die Experten streiten sich, was der genaue Zweck war. Vielleicht schlicht ein

Versteck, da man sich durchaus länger darin aufhalten konnte und einigermaßen geschützt war. In diesen Jahren herrschten verheerende Kriege. Es gibt aber auch die Durchschlupf-Theorie. So sagen einige Experten, dass es sich um Naturrituale handeln könnte. Der Mensch muss durch die Mutter Erde hindurchschlüpfen und sich reinigen, daher auch die engen Gänge."

Jens vernahm ein deutliches „o je" von Hannah. Hans Gerber ignorierte den Seufzer und trank noch ein Schluck Kaffee.

„Die dritte und letzte Theorie ist, dass es keine Behausungen von Menschen sind, sondern von anderen Geschöpfen. Zwergen, Trollen, Erdweibern oder Waldgeistern. Joseph erzählte jedenfalls viel von diesen Erdställen und dass er sich lange darin versteckt gehalten hatte. Wenn man Joseph genau zugehört hatte, könnte man an die dritte Theorie glauben."

„Hui!", Hannah atmete tief aus. "Also Herr Gerber, mit allem Respekt, eine Geistergeschichte nehmen wir Ihnen jetzt aber nicht ab."

Sie löste sich von der Fensterbank und trat auf Hans Gerber zu.

„Wir haben ja jetzt einige Infos über den Herrn Müller. Erzählen Sie doch bitte mehr zu dem eigentlichen Fall. Da gab es einen Mord?"

Hans Gerbers Stirn legte sich ob der Unterbrechung wieder etwas verärgert in Falten. Aber er ließ es geschehen und begann erneut.

„Nun gut. Der Fall also. Es gab nicht nur einen Mord, sondern deren zwei. Es ereignete sich im Frühjahr 1974. Das müssten Sie auch noch in den Archiven bei sich finden. Es begann mit einer Vergewaltigung. Magdalena Bühler war ihr Name. Sie wurde nach einem Dorffest vergewaltigt. Sie beschuldigte den Sohn eines Metallbau-Fabrikanten hier in Magstadt. Hans-Günther Gassner, genannt „Günne". Ein grober junger Mann, Mitte zwanzig und ein Kotzbrocken und Angeber. Außerdem dumm wie Bohnenstroh, aber eben aus einflussreicher Familie. Allerdings war Magdalena, sagen wir es mal vorsichtig, etwas einfältig und den leiblichen Freuden zugetan. Kaum einer im Dorf glaubte ihr, dass sie es zumindest am Anfang nicht auch gerne zugelassen hatte. Zur damaligen Zeit war der Nachweis einer Vergewaltigung oder sexuellen Nötigung ziemlich schwer für eine junge Frau. Wenn nicht schwere Körperverletzung dabei war oder es gar Zeugen gab, war es kaum möglich, jemanden zu überführen. Bedenken Sie, dass zu diesem Zeitpunkt die sexuelle Nötigung in Deutschland nur außerehelich strafbar war! Und im Fernsehen liefen Filme über sexy Flower-Power-Mädchen die immer willig waren wie der Schulmädchen-Report.

Magdalena hatte zwar leichte Verletzungen, aber es ging ihr den Umständen entsprechend gut. Jedenfalls wurde die Anklage gegen Günne Gassner fallen gelassen. Das aber war für den blöden Günne ein Freibrief. Man hörte, dass er überall zum Zuge kommen wollte, ob mit oder ohne Einwilligung. Zwei Monate nach dem ersten Fall ereignete sich die zweite Vergewaltigung. Nur eben viel brutaler. Das Opfer war Joseph Müllers Frau Eva. Joseph Müller war zwar ein Waldschrat und Sonderling, aber zu jener Zeit war auch der Dorfdepp Teil der Gemeinschaft. Außerdem war Joseph ein geschickter Handwerker, welcher gute Dienste leistete. Daher nahm man ihm seine Waldgeschichten nicht übel, zumal er auch niemandem etwas zuleide tat. Seine Frau Eva war zehn Jahre jünger als Joseph und eine bleiche, aber dennoch hübsche Erscheinung. Wie Joseph war sie auch naturverbunden und teilte mit ihm den spirituellen Tick. Heute ist das ja ok und fällt unter Naturheilkunde oder Gesundbeten, damals sagte man nur „die haben halt nicht alle Latten am Zaun". Jedenfalls passten die zwei wunderbar zusammen. Sie hatten auch zwei Kinder, Zwillinge, ein Bub und ein Mädchen. Doch das Glück der beiden sollte jäh enden. Das Unglück kam am Vatertag oder Christi Himmelfahrt über sie. Traditionell besaufen sich an diesem Tag die Väter und auch die, die es noch werden wollen. Alle ziehen mit dem Leiterwägelchen in den Wald, singen, schreien, lachen, raufen, saufen und grillen sich eine Wurst. Am besten bleibt man fern, wenn man nicht dazu gehört. Vor allem von Männern wie Günne Gassner. Eva hat das missachtet und war auch an diesem Tag im Wald spazieren und mit ihren Geistern reden. Man weiß nicht, wie Gassner auf sie aufmerksam wurde. Aber er ist ihr begegnet, vermutlich hat er ihr nachgestellt, als sie Kräuter oder Pilze sammelte. Aber es gab halt keine Zeugen. Was auch immer er alles gemacht hat, das Mädel muss enorm gelitten haben. Sie hatte Würgemal am Hals und war übersät von Hämatomen. Als Joseph sie fand, war sie mehr tot als lebendig. Sie lebte wohl noch, als er sie fand, starb aber im Krankenhaus an inneren Verletzungen, gerade mal 36 Jahre alt. Joseph saß eine Woche an ihrem Grab. Nur mittags ging er zu den beiden Kindern, um diese nach der Schule zu versorgen und danach saß er wieder an ihrem Grab. Die Leute sagten, dass er die ganze Zeit mit ihr gesprochen hätte und es so aussah, als hätte sie geantwortet. Joseph beschuldigte Hans-Günther Gassner, da angeblich seine Frau im Sterben ihm den Namen genannt hatte. Aber es gab keine Beweise und Gassner hatte Zeugen genannt, die ihn angeblich den ganzen Tag und auch die Nacht begleitet hätten. Und sonst gab es keine Beweise. Man fand in der Nähe des Tatorts nur ein

Taschentuch mit Spermaflecken, aber eine DNA-Untersuchung gab es damals noch nicht. Fingerabdrücke waren damals das Einzige, was man schon nachweisen hätte können, die gab es aber nicht."

„So, warmer Hefezopf für alle!", freudestrahlend kam Gertrude Steinmüller ins Zimmer. Vor ihr auf einem großen Tablett balancierte sie eine größere Menge Hefegebäck und eine Butterdose.

Hans Gerber musste sich räuspern. Siegfried Steinmüller, der inzwischen eine Pfeife in den Mund gesteckt hatte, um an dieser kalt zu rauchen, blickte missmutig auf seine Frau. Hans Gerber aber griff freudig zu und schmierte auf sein Hefestück auch noch reichlich Butter. Leicht vor sich hin mampfend erzählte er weiter.

„Es war kein Glück für Gassner, dass er nicht im Gefängnis war. Dieses hätte ihn geschützt. Joseph überfiel Hans-Günther Gassner als dieser eines Abends von der Kneipe nach Hause wankte. Er schlug in halb tot und schaffte ihn an den alten Steinbruch oben an den Rand. Dort warf er ihn kopfüber in den Abgrund. Hans-Günther Gassner war sofort tot. Als man ihn fand, lag neben ihm ein Baumstumpf. Von einer Buche. Die hatte jemand hergebracht und neben ihn gelegt. In den Baumstumpf waren drei Kreuze eingehauen. Mit einem Beil. Und raten sie mal, wessen Zeichen das ist?"

„Doch nicht diese Waldgeschichte aus Österreich?"

Hans Gerber nickte langsam und vielsagend.

„Genau! Alle wussten, dass es Joseph gewesen sein musste. Als man ihn verhaften wollte, war er mit den Kindern weg. Einfach weg. Seine Wohnung sah noch bewohnt aus. Er hatte nichts mitgenommen, nur die Kinder. Joseph wurde im ganzen Land gesucht, sogar im Fernsehen gab es einen Aufruf. Warten Sie mal."

Hans Gerber zog aus der mitgebrachten Aktentasche ein Kartonhefter, wie man ihn früher benutzt hatte, um Akten in einen Schrank zu hängen. Er schlug diesen auf und holte eine Fotografie hervor. Es zeigte einen Mann und eine Frau mit zwei kleinen Kindern. Alle waren festlich gekleidet. Der Mann hatte einen grauen Anzug an, welcher ihm etwas zu groß war, ein weißes Hemd und eine silberne Krawatte. Er war nicht sehr groß, aber hatte breite Schultern und man sah, dass er kräftig sein musste. Sein Haar war militärisch kurz geschnitten und sein Blick wirkte ernst. Die Frau lächelte etwas entrückt und hatte auffallend helle Haut, welche in Kontrast zu ihrem dunklen Haar stand. Sie trug ein langes, beigefarbenes und kurzärmliges Kleid, welches ihre Schultern nicht bedeckte. Der Junge trug einen dunklen Anzug, mit weißem Hemd und gepunktetem Krawattenschal, das gleichgroße Mädchen einen karierten Rock und eine weiße Bluse mit Rüschen. „Das ist Joseph, seine

Frau Eva und die beiden Kinder bei deren Kommunion. Das Bild zeigte man damals auch im Fernsehen."

Jens betrachtet das Foto und reichte es an Hannah weiter. Auch sie betrachtete das Foto aufmerksam.

„Vier Wochen nach dem Verschwinden standen die beiden Kinder eines Morgens am Brunnen gegenüber vom Rathaus. Sie standen einfach da. Niemand hatte gesehen, wie sie herkamen. Sie sprachen nicht und schauten nur gerade aus. Ein Trauma, ein Schock, sagten die Psychologen später. Man hat sie nie dazu bewegen können, etwas zu sagen. Vielleicht haben sie es tatsächlich verdrängt, da gibt es einen Fachbegriff in der Psychologie. Ich meine die Mutter tot, der Vater ein Mörder, das müssen zehnjährige Kinder erst mal verarbeiten."

Hans Gerber biss wieder in sein buttriges Hefestückchen.

„Dissoziative Amnesie? Also ein Gedächtnisverlust aufgrund eins Traumas? Man ist danach unfähig, sich an vergangene Ereignisse zu erinnern."

Hans Gerber schaute kauend Hannah an.

„Ja genau. So nennt man das heute wohl. Damals war die Psychoanalyse nicht weit verbreitet. Keiner nahm sich der Kinder an und betreute sie. Die Kinder wurden vom Jugendamt zunächst in ein Tagesheim gebracht, später in ein Heim für Vollwaisen."

„Wo war Joseph geblieben?", fragte Jens. „Hat man ihn eines Tages aufgespürt?"

Hans Gerber schüttelte den Kopf.

"Nein. Joseph blieb verschwunden. Bis heute weiß man nicht, wo er geblieben ist. Heute wäre er über 90 Jahre alt. Ich denke nicht, dass er noch lebt, aber ob er damals zu Tode kam oder einfach irgendwohin verschwand, weiß keiner."

„Und die Kinder? Wo sind die heute?"

„Das weiß ich nicht. Frank und Karin wurden in ein Heim bei Bad Saulgau gebracht und später dann in ein Heim nach Norddeutschland. Man wollte erreichen, dass sie maximalen Abstand von dem Geschehen hatten. Ich habe nur noch gehört, dass beide dann adoptiert wurden, allerdings von unterschiedlichen Familien."

„Dann noch mal zu den drei Kreuzen. War der Fund bei der Leiche von Gassner, das erste Mal, dass man diese Kreuze fand?"

„Ja, das war am Anfang gar nicht so im Fokus. Zunächst hat man die Kreuze gar nicht beachtet. Jedoch waren diese auf einem Foto der Polizei zu sehen. Man hat dann später den Baumstumpf nochmals als Spur gewertet. Mit der Recherche zu den Kreuzen wurde ich beauftragt. Ich war damals schon der Leiter des Heimatmuseums. Man dachte, dass es sich um irgendwas Heimisches aus Magstadt handelte. Ich habe damals lange recherchiert. Es gab ja kein Internet. Man musste alles noch in Büchern suchen. Und fündig wurde ich erst in einem österreichischen Sagenbuch. Da wurden die drei Kreuze beschrieben. Diese Kreuze machten österreichische Waldarbeiter, wenn sie kennzeichnen wollten, dass hier Waldgeister wohnten. Sie können sich vorstellen, dass die polizeiliche Ermittlung das schnell als Blödsinn abtat. Daher habe ich die Geschichte allein weiter untersucht und dann die Sage der „guten Leutlein" gefunden. Aber interessiert hat das damals auch keinen."

Jens zückte sein Handy und zeigte die Fotos der kürzlich gefundenen Kreuze auf der Brust des ersten Opfers und auf dem Dacia.

„Ist das das Zeichen, welches damals gefunden wurde?"

Hans Gerber sah sich die beiden Fotos an.

„Ja, das kommt hin. Die Kreuze sind ein gerader waagrechter Strich und ein gerader senkrechter Strich, beide gleich lang. Ich würde sagen, das sind Kreuze, die anzeigen sollen, dass hier die „guten Leutlein" wohnen".

„Ach kommen Sie!" sagte Hannah, vielleicht eine Spur zu laut. „Das sind doch Märchen! Es gibt doch keine Waldgeister im Magstadter Wald".

„Na das habe ich auch nicht gesagt", antwortete Hans Gerber ruhig. „Die Kreuze werden ja nicht von

Waldgeistern gemacht. Sondern von Menschen, die anzeigen wollen, dass es hier Waldgeister gibt."

„Wie Eva früher immer gesagt hat!"

Für ein paar Sekunden herrschte Stille. Alle Augen waren auf Gertrude Steinmüller gerichtet.

„Was hat Eva früher gesagt?", fragte ihr Mann Siegfried erstaunt.

Gertrude Steinmüller genoss kichernd und sichtlich vergnügt die unerwartete Aufmerksamkeit von allen: „Sie sagte immer: Der Wald sieht alles".

17. Mai – nachmittags

Hannah und Jens standen vor dem großen Mehrfamilienhaus im Wohngebiet Mühlbergle II. Die Geschichten von Hans Gerber hatten beide noch intensiv diskutiert. Hannah war der Meinung, dass ein Trittbretterfahrer des damaligen Falls sein Unwesen treibt. Jens konnte sich noch kein Reim darauf machen.

Minuten später standen sie im Zimmer von Malte-Sören Häberle. Ein typisches Jugendzimmer mit Bett, Schrank, Sitzsack und einem Schreibtisch mit Gaming-PC und Gaming Stuhl. An den Wänden hingen Plakate von Sportarten und Hardrock-Bands.

Malte-Sören war ein 17-jähriger Gymnasiast, normal groß und mit sportlicher Statur. Seine braunen Haare waren länger und fielen ihm ins Gesicht, sodass er diese immer wieder aus dem Gesicht streifte. Hinter ihnen stand Malte-Sörens Mama Heike Häberle.

„So Malte, jetzt mal zu dem gestrigen Tag. Du wurdest von einem Zeugen erkannt, dass Du der Mountainbike-Fahrer warst, der gestern vor uns geflüchtet ist. Warum bist Du denn vor uns abgehauen?", fragte Hannah.

„Müssen Sie mich nicht siezen?"

„Nein!"

Hannah benutzte ihren eiskalten „ich bring Dich gleich ins Gefängnis"-Blick, den auch Jens und die anderen Kollegen fürchteten. Auch Malte-Sören knickte nach vielleicht fünf Sekunden ein.

„Ich habe Sie nicht gehört."

„Blödsinn. Wie kann man einen Polizeiwagen mit eingeschalteter Sirene und Blaulicht im Wald direkt hinter einem nicht hören?"

„Ich dachte Sie suchen jemanden anderen."

„Jetzt reicht's!", bellte Hannah.

Mama Heike drückte sich an den beiden Polizisten vorbei an die Seite ihres Sohnes und stellte sich neben ihn.

„Jetzt ärger die Polizei doch nicht, du hast doch nichts zu verbergen."

Malte-Sören sah zu Boden. Sein Kämpfergeist war schon gebrochen.

„Jetzt lass Dir was Gutes einfallen. Hier gehts um schwere Straftaten!", sagte Hannah streng. „Hast Du damit was zu tun?"

„Nein"

Malte-Sören versuchte mit festem Blick Hannah anzusehen, wendete sich dann aber an Jens, der ihm trotz zwei Meter Größe der Sympathischere von beiden schien.

„Ich dachte der blöde Steinmüller hat mich vielleicht angezeigt. Weil wir wieder im Wald unsere eigenen Trails fahren!"

Jens spielte jetzt den „good cop".

„Okay, Malte. Das verstehe ich. Der Steinmüller also. Habt ihr mit dem schon öfters Ärger gehabt?"

„Ja hatten wir. Er meint, dass wir alles kaputt fahren, dabei fahren wir immer die gleichen Trails. Das ist doch wie ein Pfad von Wildtieren. Und das bisschen Erosion wird den Wald schon nicht kaputtmachen. Manchmal fahren wir auch die offiziellen Trails, der oben beim Rathberg, der ist ja auch wirklich gut. Aber immer das Gleiche ist halt nicht so geil. Aber der Steinmüller, der Arsch, der lauert uns ja auch auf. Oder er legt uns Sachen in die wilden Trails, große Steine zum Beispiel."

„Wie bitte? Das ist aber auch gefährlich, bist Du sicher, dass es der Steinmüller war?"

„Wer denn sonst? Das ist ja der einzige Arsch, der uns immer hinterher ist. Und angezeigt hat er uns auch schon mal. Dem säge ich noch mal seinen Hochsitz an!"

„Malte!", ermahnte seine Mutter. Und an Hannah gewannt fuhr sie fort: „Das stimmt. Der Steinmüller hat den Malte und seine Freunde schon mal angezeigt. Die wurden verhört und ermahnt! Dabei sind das doch Kinder und Jugendliche, die brauchen doch auch ihre Freiheiten!"

Hannah war der „bad cop".

„Das kann man aber auch auf den offiziellen Trails machen!", sagte sie neuerlich in einem strengen Ton.

„Aber der Kleinkrieg geht natürlich auch nicht. Wenn jemand Euch Steine in den Weg legt, müsst ihr das auch anzeigen! Was ist mit dem roten Wagen, bei welchem Du uns gesehen hast? Hast Du den schon mal gesehen?"

„Ja. Das ist die Dicke mit den zwei Hunden."

„Hast Du die Frau gestern Morgen vielleicht gesehen?"

„Gestern Morgen war ich in der Schule. Ich bin erst gestern Abend noch mit dem Bike raus."

„Ja klar. Hast Du sonst irgendwas beobachtet. Vielleicht irgendjemanden in der Nähe des Wagens?"

Malte schüttelte den Kopf. Seine Mutter streichelte ihm beruhigend den Oberarm.

„Haben Sie noch irgendwelche Fragen?"

Hannah verneinte und die beiden Polizisten verabschiedeten sich.

Draußen auf der Kniebisstraße zündete sich Hannah erst mal eine Zigarette an.

„Ich dachte Du willst nicht mehr rauchen?", frotzelte Jens.

„Ich höre ja auch jeden Tag auf", antwortete sie trocken.

„Lass uns mal zusammenfassen. Was meinst Du? Der Junge war wohl nur zufällig am Tatort, als wir ihn gesehen haben. Ich glaube ihm. Den würde ich ausschließen. Diese Geistergeschichte von heute Morgen lass ich auch mal weg, ich glaube nicht an Geister, auch nicht im Wald. Allerdings gibt es definitiv einen Zusammenhang zwischen den Taten und dem alten Fall. Alle haben diese drei Kreuze."

Jens nickte.

„Ich denke auch, dass der Junge nichts damit zu tun hat. Den Steinmüller sollten wir aber noch mehr untersuchen. Scheinbar hat der den Jungs Dinge in den Weg gelegt. Wenn das stimmt, ist bei dem auch nicht alles koscher. Und er hat freimütig eingeräumt, die drei Kreuze zu kennen!"

„Du hast recht. Allerdings hätte er uns das nicht erzählen müssen. Und er hat uns auf den Herrn Gerber gebracht und auf die alte Geschichte. Das sieht nicht danach aus, als ob er etwas vertuschen möchte."

„Stimmt auch wieder, könnte aber auch eine geschickte Taktik von ihm sein, um von ihm als Täter abzulenken. Den alten Fall hätten wir irgendwann auf alle Fälle ausgegraben. Und außerdem: was der uns erzählt hat über die Schwulenszene und die

Mountainbiker! Ich trau dem zu, dass der mal auf einen losgeht."

Hannah blies nachdenklich den Zigarettenrauch in die Luft und formte kleine Kreise dabei. Sie nickte leicht, als sie sagte: „Lass uns für heute Schluss machen. Schauen wir mal, wie es weiter geht. Ich habe so ein Gefühl, dass das noch nicht alles war."

17. Mai – spät abends

Die Sonne war schon einige Zeit untergegangen und im Westen verblich der letzte Rest des Tageslichtes und wich einer dunklen bedeckten Nacht. Aus dem blauen Tesla dröhnte die Indie-Rockmusik von Tocotronic durch den Magstadter Wald. Maximilian May und seine Kumpels trafen sich am Hölzer See zum Vorglühen für die Nacht. Neben dem Tesla von Maximilian standen noch ein weißer Mercedes CLA 200 und ein mattgrauer Cupra Leon E-Hybrid. In einer zweiten Parkbucht parkten noch zwei weitere Fahrzeuge, welche augenscheinlich nicht zu Maximilian und seinen Freunden gehörten. Neben Maximilian standen vier seiner Freunde: Freddie, Mike, René und Tom.

„ICH ÖÖÖFFNE MICH …. ÖÖÖFFNE MICH GÄÄÄNZLICH….. FÜR DICH….“

Maximilian grölte den Tocotronic Song in die Nacht. Sein Kumpel Freddie feixte neben ihm und nahm einen Schluck aus seinem Rothaus Tannenzäpfchen Pilsfläschchen. Mike und René lehnte lässig an der Motorhaube des Cupras. Tom stand bei seinem CLA.

„Schauen wir mal, wer sich heute für mich öffnet…“, grölte Maximilian und nahm Freddie in den Arm.

„Hauptsache niemand von den beiden Schwuchteln da drüben haaaahhaa…“, antwortete Freddie und zeigte mit seiner Bierflasche in der Hand auf die beiden Fahrzeuge in der anderen Parkbucht.

„Ja haaahaaaa…das sind vielleicht Schwuchtelkarren, was ist denn das…" Maximilian ging zu der anderen Parkbucht hinüber.

„Hey ein Toyota! Nein, sowas!", höhnte er „Ein Toyota Yaris! Ja das ist doch mal ein toller Schwuchtelkarren."

„Und der da! Mann! Ein Nissan Juke!"

Sein Ton steigerte sich ins Überhöhte.

„Nein so was Tolles! Ein Juke! Hör mir auf! Das ist ja der König der Schwuchtelkarren! Haaahaaa!"

Er lief zum Rand der Parkbucht und brüllte in die Dunkelheit:

„Hey ihr Schwuchteln da im Wald! Seid ihr bald fertig? Wir hätten gerne den Parkplatz für uns! Für richtige Männer haahaaa!"

Die anderen stimmten mit Gelächter in sein Grölen ein. Tom öffnete die Beifahrertür des CLA und nahm eine große MC Donalds Tüte vom Sitz:

„Chicken Nuggets für alle!"

Alle griffen zu und stopften sich die Nuggets in den Mund. Als die Tüte leer war, formte Tom einen mittelgroßen Ball aus der Tüte und trat sie in den Wald.

„Hey ihr Pfeifen, jetzt werfen wir uns mal was Richtiges rein."

Maximilian ging zu seinem Tesla und öffnete die Beifahrertür. Er kam mit einem Fläschchen wieder, das aussah wie ein kleines Pillenglas. Er schüttelte das Glas und die darin befindlichen Tabletten vor den Gesichtern seiner Kumpels.

„So Freunde, jeder gönnt sich hier mal ein Tablettchen und dann klappt das auch mit den zweibeinigen Chicks heute in Stuttgart! Wenn ihr das einwerft, könnt ihr ohne Pilotenschein fliegen! Haahaaa."

Mit diesen Worten verteilte er je eine Tablette an alle. „Und jetzt exen!"

Die Freunde warfen die Tablette ein und setzten alle ihre Pilsflasche an, um diese in einem Zug zu leeren.

„Und eins und zwei und drei..!" Bei drei warfen alle ihre Pilsflasche in den dunklen Wald. Nur Maximilian warf seine Flasche in Richtung des Toyota Yaris, welchen er allerdings knapp verfehlte.

„Ups, tschuldigung!"

Alle fielen in ein grölendes Lachen.

„Auf gehts in den Perkins Park. Let´s party! It´s our night! "

Mit diesen Worten stieg er in den Tesla ein. Freddie nahm neben ihm Platz, Tom fuhr im CLA allein und die anderen beiden stiegen in den Cupra. Der Tesla schoss leise Richtung Stuttgart davon, die beiden Benziner folgten mit brüllenden Motoren.

Als die Fahrzeuge verschwunden waren, trat wieder Stille am Hölzersee ein. Von den Fahrern der noch verbliebenen Autos war nichts zu sehen und zu hören. Man konnte nur noch die Geräusche des Waldes hören. Das Grillen und Zirpen der Insekten oder das Rascheln der Kleinsäuger am Boden. Und ein leises Surren. Wie von einer Sony AX53 4K Handycam mit Exmor R™ CMOS-Sensor, welche hervorragend für Nachtaufnahmen geeignet ist.

18. Mai – frühmorgens

Dr. Rainer May stand auf seiner Terrasse im Forchenweg in Magstadt. Er hatte sich einen Ristretto Espresso gemacht und genoss diesen schwarz und stark an der frischen Morgenluft. Es war ein leicht bedeckter, noch frischer Maitag, welcher im Lauf des Tages sonnig werden sollte. Tage, die man hier im Süden Deutschlands am meisten genoss, sehr schön und nicht zu heiß.

„Guten Morgen Rainer."

Er dreht sich nach rechts zu dem Morgengruß. Dort stand sein Nachbar Florian Greis, ein Entwicklungsingenieur bei einem Automobilzulieferer in Stuttgart.

„Guten Morgen Florian!"

„Was ist denn das für eine weiße Spur vor deinem Haus?", fragte Florian.

„Eine weiße Spur vor meinem Haus??"

Rainer May verstand nicht, was sein Nachbar ihm sagen wollte.

„Was meinst Du?"

„Na schau mal vor dein Haus. Hat da jemand Farbe verloren?"

Rainer ging an der Garage vorbei nach vorne zum Hauseingang. Florian Greis kam hinzu. Tatsächlich windete sich eine weiße Spur von seinem

Treppenaufgang auf den Forchenweg und bog in der Oswaldstraße in Richtung Hölzertal ab.

Rainer trat an die Spur heran und rieb mit seinem Fingern daran.

„Das ist eine Kalkspur!", rief er erstaunt.

„Eine Kalkspur?", fragte Florian Greis. Scheinbar kannte er die Bedeutung einer solchen Spur nicht.

„Ja eine Kalkspur", erklärte Rainer May. „Eine solche Spur wird gezogen, um zwei heimlich Verliebte zu offenbaren. Ein alter Brauch, welcher heute nicht mehr oft gemacht wird."

Er kratzte sich nachdenklich am Kopf.

„Mir kann das nicht gelten. Meine Frau hat mich letztes Jahr verlassen und insofern kann ich ganz öffentlich eine Geliebte haben. Habe ich aber nicht und ich habe derzeit auch keine Ambitionen. Das muss Maximilian gelten."

Über sein Gesicht huschte ein Lächeln. Maximilian war ihm, wie er meinte, etwas entglitten. Sein Sohn war jetzt 24 Jahre alt und wohnte immer noch bei ihm, ohne Anstalten zu machen, das Haus zu verlassen. Seit dem Auszug seiner Mutter war Maximilian noch eigensinniger geworden und er ließ sich von seinem Vater so gut wie nichts mehr sagen. Er kam und ging, wann er wollte, und seine Party-Exzesse waren in der ganzen Nachbarschaft bekannt. Auf der anderen Seite hatte er eine Banklehre gemacht, hatte ein

Bachelor-Studium angeschlossen und versuchte sich bei seinem Arbeitgeber hochzuarbeiten. Insgeheim war Rainer May auf seinen Sohn auch stolz. Nur diese Partyneigung mit Alkoholkonsum und rauchen und vielleicht noch mehr, das war ihm definitiv ein Dorn im Auge. Da kam so eine Liebelei gerade recht. Ein Mädchen könnte einen positiven Einfluss auf seinen Sohn haben. Er musste unbedingt herausfinden, wer die Unbekannte war. Er würde heute etwas später ins Büro kommen und erst mit dem Fahrrad die Kalkspur abfahren. Maximilian war gestern in Stuttgart feiern, da er heute einen Tag frei hatte. Er war da, der Tesla stand vor der Garage. Vermutlich hat er die Kalkspur noch nicht gesehen. Jetzt freute sich der Bürgermeister von Magstadt plötzlich wie ein kleines Kind.

Zehn Minuten später saß er frischgeduscht auf seinem E-Bike KTM Machina. Er bog fröhlich pfeifend in die Oswaldstraße ein und fuhr den Kalkstrich entlang. Seltsamerweise führte die Spur aus dem Ort hinaus. Auf dem Feldweg in Richtung Hölzersee zog sich eindeutig die Spur entlang. Er stoppte das Fahrrad und betrachtete die Spur. Kein Zweifel, die Spur führte ins Hölzertal. ‚Auweia,‘ dachte er. ‚Scheinbar ist das Mädel aus Stuttgart, das wäre aber eine lange Kalkspur‘. Er setzte das Fahrrad wieder in Bewegung und radelte dem Strich entlang. Nach dem

Modellflugplatz bog der Strich nach links Richtung Magstadter Wald ab. Rainer May stutzte. ‚Nach Stuttgart wäre ich aber rechts abgebogen, also ist die Dame aus Warmbronn!‘ Er radelt wieder los. Kurz nachdem er in den Wald eingefahren war, bog die Spur Richtung Eingang alter Steinbruch ab. Rainer May stoppte das Fahrrad und stieg ab.

„What the fuck!" murmelte er vor sich hin. Er verstand gar nichts. Was sollte die Spur hier bedeuten? Und warum führte sie in den Grund des Steinbruchs? Er lief vorsichtig in den Steinbruchgrund und folgte der weißen Spur. Diese führte einen schmalen Pfad entlang bis an die Steinbruchwand und bog an einem großen Ameisenhaufen nach rechts ab. Kurz vor einem vertrockneten Brombeerstrauch endete die Spur. Unter dem Brombeerstrauch konnte man ein Loch sehen. Rainer May sah mit großen Augen auf eine durchsichtige Tüte, welche vor dem Loch lag. In ihr befanden sich zwei braune Gläser, wie Pillenfläschchen. Als er nach links schaute, sah er an der Wand des Steinbruchs mit weißer Farbe drei Kreuze aufgemalt. Er hatte diese Kreuze schon mal gesehen. Gestern, als die beiden Polizisten bei ihm waren.

18. Mai – vormittags

Vor dem Steinbruch standen zwei Polizeifahrzeuge und ein silbergrauer ziviler BMW. Rainer May hatte lange mit sich gerungen, wen er wegen seines Fundes anrufen sollte. Er befürchtete, dass sein Fund das sein könnte, was er dachte. Irgendwelche Drogen. Und er fürchtete, dass die Kalkspur eine Verbindung legen sollte. Zwischen den Drogen und seinem Sohn. Und so hatte er mindestens eine Stunde im Steinbruch gesessen. Und der Vater May hatte mit dem Bürgermeister May, welcher ja der Chef der Ordnungsbehörde war, gerungen. Immer wieder. Letztlich hatte der Bürgermeister gewonnen. Und wenn Maximilian etwas damit zu tun hatte, dann musste das jetzt beendet werden. Außerdem besorgten ihn diese drei Kreuze. Es waren noch andere Verbrechen geschehen und das konnte er nicht unter den Tisch wischen. Er musste zu deren Aufklärung beitragen. Also hatte er die Kommissarin angerufen und gesagt, er hätte wieder drei Kreuze gefunden. Hannah und Jens standen jetzt bei ihm.

„Können Sie sich einen Reim darauf machen, warum diese Kalkspur bis zu Ihrem Haus gezogen wurde?"
Rainer May überlegte ein paar Sekunden.

„Nein. Kann ich nicht. Vielleicht wollte jemand das Versteck einem Beamten zeigen und wählte diese seltsame Art. Aber ich weiß es nicht."

„Warum sind Sie denn gleich losgeradelt?"

Hier hatte Rainer May sich bereits etwas überlegt.

„Na ja, das ist eine Kalkspur. Das zeigt eigentlich an, dass sich zwei Personen heimlich lieben und es nicht öffentlich machen. Zum Beispiel, weil eine Person noch verheiratet ist. Solche Gerüchte kann ich bezüglich meiner Person nicht brauchen. Daher wollte ich gleich aufklären, was das soll."

„Das können Sie jetzt aber auch nicht erklären, oder?"

„Nein. Können Sie schon sagen, was in den Gläsern ist?"

„Höchstwahrscheinlich Amphetamine. Synthetische Drogen. Warum das mit Ihnen in Verbindung gebracht wird, ist schon komisch", mutmaßte Hannah.

„Na hören Sie mal. Das hat mit mir doch keine Verbindung!", entrüstete sich Rainer May und legte seine ganze bürgermeisterliche Autorität in seine Stimme.

„Natürlich!", beschwichtigte Jens. „Davon gehen wir auch nicht aus. Wir werden das ganze Gelände absuchen lassen, vielleicht finden wir weitere Verstecke oder andere Anhaltspunkte. Erst mal vielen Dank, dass Sie uns gerufen haben. Die drei Kreuze an der Wand sind ja eindeutig die gleichen wie bei den anderen Fällen. Das hat also wieder eine Verbindung."

Mit diesen Worten wendete sich Jens ab und den uniformierten Polizisten zu.

„Kollegen! Wir suchen das ganze Gelände ab! Ruft die KTU. Vielleicht finden wir noch mehr Verstecke und heben eine ganze Drogenbande aus."

Hannah sagte nur: „Dafür ist jetzt aber das Drogendezernat zuständig?"

„Und die drei Kreuze? Das hat doch Verbindung zu unseren Fällen?"

„Hast Du recht. Bleiben wir auch dabei. Wir sollten nur die Kollegen informieren."

18. Mai – nachmittags

Am Nachmittag trafen sich Hannah, Jens und Hansi wieder im Doppelbüro von Hannah und Jens. Es war an der Zeit, alle bisherigen Erkenntnisse und Recherchen zusammenzutragen und erste Hypothesen bezüglich des Geschehens zu formulieren. Die drei nutzten das Konzept des Brainstormings, was bedeutete, dass jeder alles, was er dachte, einmal raushaut und skizziert. Es gab keine doofen Fragen oder doofen Antworten, alles war zulässig.

Jens fing an. Er zog seine Aufschriebe aus dem Krankenhaus heraus.

„Fangen wir mit dem Kollegen auf dem Hochsitz an. Der Kerl geht also spazieren, abends. Ist ja nicht verboten. Dann setzt er sich in sein Auto, hört noch die Nachrichten und -zack- ist er weggetreten. Es hat ihn jemand mit Narkosegas betäubt. Zusätzlich bekommt er noch ein Schlafmittel, damit er ganz sicher nicht so schnell aufwacht. Jetzt fährt ihn irgendjemand irgendwohin, verpasst ihm ein schnelles Tattoo und schafft ihn dann auf den Hochsitz. Dort bindet man ihn fest und zieht ihn warm an, dass ihm nichts passiert."

Jens machte eine kurze Pause und überlegte, ob er auch einen Kaffee nehmen sollte, da sowohl Hansi als auch Hannah einen Cappuccino vor sich hatten.

„Also das erste was mir dazu einfällt, ist, dass der Mann mindestens neunzig Kilogramm wiegt. Das spricht dafür, dass es nicht ein Täter ist, sondern dass es mehrere waren."

„Ja, das dachte ich mir auch schon." Sagte Hannah zwischen zwei Kaffeenippern. „Schreiben wir das mal an die Tafel. Zwei oder mehr Täter." Sie stand auf und schrieb an ein Whiteboard an die Wand die Worte *1. Opfer Reitmaier* und *zwei Täter?*".

Jens fuhr fort.

„Was ich mir aufgeschrieben habe, ist, dass der Kollege Reitmaier sich permanent verteidigt hatte. Also der möchte etwas verbergen."

Jetzt war Hansi dran.

"Dann haben wir noch die Jacke und den Zettel in der Jacke. Die Jacke stammt von einem Jäger. Der Zettel könnte von dem Reitmaier stammen."

„Na muss nicht sein. So eine Jacke kann jeder im Internet bestellen, man muss halt wissen, dass es so eine Jacke gibt. Und der Zettel könnte auch vom Täter sein. Wir wissen ja nicht, wer „Sugar Daddy" ist", gab Hannah zu bedenken.

„Da habe ich mich mal in den Messengern umgesehen. In Telegram gibt es einen „Sugar Daddy". Wenn ich es richtig verstehe, ist das einer, der sich von jungen Damen gegen Geld beglücken lassen will. Und wenn ich mir den Zettel so anschaue, würde ich sagen, das ist die Belohnungsliste."

Hansi schaute mit einem zufriedenen Grinsen zu Hannah.

„Ich habe auch mit seiner Frau gesprochen. Sie sagte, dass er an dem Abend eigentlich eine Vereinssitzung gehabt hätte. Sie hat sich gewundert, dass er spazieren war. Ich denke, er hat seine Frau schon immer belogen. Scheint so, als ob das Güntherlein tatsächlich ein schlimmer Finger ist und gerne junge Damen ansext."

„Echt? Okay, gute Arbeit. Können wir rauskriegen, ob er hinter dem Telegram-Account steckt?"

„Leider nein. Telegram ist von einem russischen Entwickler gegründet und hat seinen Hauptsitz heute auf den Seychellen. Da brauchen wir gar nicht kommen. Das Profilbild zeigt nur Geldscheine."

„Also, dann schreiben wir mal *Jäger* mit Fragezeichen auf die Tafel und *Sugar-Daddy/Sex* im Wald."

Die beiden Männer nickten.

„Dann die Hundedame. Gleiche Methode, Narkosegas, Hunde angeleint und danach die Dame in den Heckkäfig gesteckt. Danach drei Kreuze ins Auto geschlagen. Hat leider keiner gehört. Ist in Summe aber ein bisschen einfacher, da alles am gleichen Ort stattgefunden hat, die Dame wiegt wahrscheinlich aber auch mindestens neunzig Kilo. Hat der

Mountainbiker nicht gesagt, dass sie immer ihre Hunde freirumlaufen lässt? Der Steinmüller hat sich über solche Leute beschwert."

Hannah schrieb die Namen *2. Opfer Dobler/Hunde* und *Steinmüller* neben *Jäger* an die Tafel.

„Wer hat die Dame noch mal gefunden?"

Hansi antwortete: "Ein Maximilian May".

Hannah schaute Jens an, der mit einem Augenaufschlag zurück.

„Ist das der Sohn des Bürgermeisters? Was macht denn der so früh im Wald?"

Dann schrieb sie den Namen des Bürgermeistersohns an die Tafel.

„Dann haben wir noch die Kalkspur. Die ist ja nur interessant, wegen der drei Kreuze."

„Und wegen der Drogen, vielleicht gibts einen Zusammenhang?", warf Jens ein.

Hannah schrieb *Drogen* auf das Whiteboard.

„Den Mountainbiker sollten wir nicht vergessen. Ich glaube zwar nicht, dass der Junge mit den ersten beiden Fällen was zu tun hat, aber Drogen?"

Sie schrieb Mountainbiker an die Tafel.

Hansi meldete sich erneut.

„Das mit den drei Kreuzen habe ich nachrecherchiert. Ist heute ja einfacher als in den Siebzigern. Die wurden früher in einen Baumstumpf gehauen – und jetzt haltet Euch fest, ich lese Euch das vor: *Der Teufel stellt den Waldweibchen nach, und wenn er eins fängt, zerreißt er es. Schutz finden sie nur unter einem Baumstumpf, der mit drei Kreuzen gezeichnet ist. Deshalb bitten sie die Menschen, in Baumstümpfe drei Kreuze mit der Axt hineinzuschlagen.*"

Hansi schlug sich an die Stirn und verdrehte die Augen. „Ich glaube, das können wir vergessen. Das sind alles nur Märchen".

„Ne, das glaub ich nicht" intervenierte Hannah. „Die drei Kreuze sollen eine Verbindung zum alten Fall herstellen." Sie schrieb *drei Kreuze* und *alter Fall* an die Tafel.

„Oder es gibt doch Waldgeister und nur der Täter weiß das?" kicherte Hansi.

Böser Blick von Hannah.

„Du, ich arbeite an einer Excel-Tabelle für Kaffee!" Verwirrter Blick von Hansi.

„Was ist mit dem Jogger, der das erste Opfer gefunden hat?", fragte Jens. Hannah wackelte mit dem Kopf, als ob sie nicht überzeugt wäre. Dann schrieb sie aber doch *Jogger* an die Tafel.

„Wobei ist der nicht vorgestern nach Amerika abgeflogen? Dann kommt der für die Kalkspur doch nicht infrage!" warf Hansi ein.

Jens nickte und Hannah wischte Jogger wieder weg.

„Wobei, wenn es zwei Täter sind, könnte er schon noch infrage kommen?", warf Jens jetzt ein. „Für die Kalkspur braucht man keine zwei Täter."

Hannah schrieb wieder *Jogger* hin.

„Er heißt Marcus Schroeder."

Hannah wischte *Jogger* wieder weg und schrieb *Marcus Schroeder* an die Tafel.

Das Telefon klingelte und Hansi nahm ab.

„Die KTU, wir sollen in den alten Steinbruch kommen, sie haben etwas gefunden."

18. Mai – spätnachmittags

Im Steinbruch trafen Hannah und Jens auf Hans-Peter Maus, Leiter der kriminaltechnischen Untersuchung in Böblingen. Dieser stand am Grund des Steinbruchs in einem weißen Overall.

„Ah das Team Rammelt-Schön"

Er erntete einen bösen Blick von Hannah. „Ah", konterte sie. „Die Untersuchungs-Maus! Und was habt ihr gefunden?"

Hans-Peter Maus ignorierte die Retourkutsche und erklärte sachlich: „Ein richtiges Bauwerk, ich würde sagen späte Bronzezeit. Haha, natürlich nicht. Aber es ist eine von Menschen gebaute Erdhöhle, kommt mal mit".

Er lief in den Steinbruch-Grund hinein und nahm den Weg, welchen Jens vor zwei Tagen auch gegangen ist. Er stieg umständlich über den querliegenden Baumstamm und Jens und Hannah folgten ihm.

„Fragt mich nicht, wie wir daraufgekommen sind, hier hinter dem Baum auch noch zu suchen. Wir wollten halt wie immer gründlich sein. Jedenfalls dachten wir, dass hier auch was versteckt sein könnte und schaut mal, was wir gefunden haben."

Er zeigte triumphierend auf eine Stelle auf dem Erdhügel an welcher Brennnessel wuchsen.

„Was soll da sein?" fragte Jens erstaunt.

Hans-Peter Maus lächelte vielsagend: „Die Maus fragen – schafft Wohlbehagen."

Mit diesen Worten griff er mit beiden Händen, welche durch Plastikhandschuhe vor den Brennnesseln geschützt waren, durch diese hindurch. Man hörte ein schabendes Geräusch, wie Holz auf Holz und Hans-Peter Maus legte ein Loch frei.

„Als wir hier suchten, ist einer unserer Mitarbeiter über den Griff auf dem Deckel gestolpert und hat dabei diesen Eingang freigelegt."

Hans-Peter Maus legte den Deckel ab und stellte sich neben das Loch.

„Das ist eine von Menschen gegrabene Grube oder eine Höhle! Alles ziemlich eng. Wir haben unseren kleinsten Mitarbeiter mit einer Taschenlampe runtergeschickt. Es ist so eine Art Rutsche, wobei man kann auch wieder rauf, so steil ist es dann auch nicht. Der Mann sagte, es gibt zwei Räume. Einen großen Raum und eine kleine Kammer. Die Höhle ist sehr niedrig, vielleicht einen Meter zwanzig hoch und man muss auf allen vieren durchkriechen. Aber es gibt Sitznischen und kleine Lichtschächte, die gar nicht mal schlecht Licht spenden. Diese führen auch an der Seite und oben zum Erdhügel raus. Die Wände und Decken bei den Lichtschächten sind stellenweise etwas rußig, wahrscheinlich von Kerzen. Die müssen kürzlich erst gebrannt haben. Wir haben auch

Kerzenwachsflecken gefunden, allerdings keine Kerzen. Auch haben wir kein Inventar gefunden. Nichts. Nur Drogen haben wir keine gefunden. Wir müssen die Höhle nochmals ausleuchten und genauer untersuchen. Vielleicht finden wir noch weiteres."

Hannah schaute Jens vielsagend an.

„Denkst Du auch was ich denke?"

„Yep! Ein Erdstall!"

19. Mai – früh morgens

Öffentliche Facebook-Gruppe: „Magstadt aktuell"

<u>02.14 Uhr</u>
Triple_X: hat zwei Videos gepostet
Müllmänner_im_Wald.mp4
Pillenmann.mp4
Triple_X: Voll krass, was da so im Magstadter Wald abgeht: #Bürgermeistersoehnchen #sogehtsnicht

<u>06.36 Uhr:</u>
Der_Manfred: Hi Triple_X. Voll die Scheiße auf den Videos. Wo hast Du das denn her?
Sus_Anne: Oh Mann! Das ist doch der Max May! Oder? Und was hat der da in der Hand. Das sind doch bestimmt Drogen!
Der_Manfred: Ja, klar ist das der Max. So ein Saftsack! Was sich der erlaubt. 😖 😖 😖
Sus_Anne: Oh je, wenn das sein Papa sieht…
Pia M.: Moin, wer hat denn diese Videos eingestellt! Ist denn schon Wahl …lol
Der_Manfred: Da sieht man mal, was das Politikerpack und seine Brut sich erlaubt! Die glauben, sie können alles machen und wir Kleinen sehen das nicht. So ein Rattenpack, denen sollte man es endlich zeigen......... 😈 😈

Kleine Daniela: *Das ist doch der Max! Der Max mit Drogen! Und dann auch noch live. Das wars für den Papa!*

Kurt Münzer: *Ich kommentiere hier ja nicht viel, aber das schlägt dem Fass den Boden aus!! Das muss Konsequenzen haben!*

Sus_Anne: *Oh Gott, der arme Max. Der ist doch eigentlich ein ganz Lieber!*

Der_Manfred: *@Sus_Anne so ein Quatsch, der ist arrogant und verzogen, genau wie der Vater, weg mit dem Pack!*

10.30 Uhr

Das Mobiltelefon von Hannah klingelte, als sie gerade um den Stuttgarter Bärensee joggte. Sie verlangsamte ihre Schritte, nestelte das Telefon von ihrem Oberarm und nahm ab.

„Rainer May!"

Der Bürgermeister von Magstadt klang mehr als aufgeregt.

„Da läuft eine Riesenscheiße hier in Magstadt. Das ist ein Komplott, eine Kampagne! Eine Kampagne gegen mich. Man will mich politisch eliminieren! Frau Schön, sie müssen besser ermitteln. Was haben Sie herausgebracht? Was ist der Stand ihre Ermittlungen? Wann tun Sie endlich was…"

„Stopp stopp", versuchte Hannah den Redeschwall von Rainer May zu stoppen.

„Herr May, hallo? Hören Sie? Ich weiß nicht, wovon Sie sprechen. Wer versucht Sie zu erledigen?"

„Ja das weiß ich doch nicht! Das müssen Sie ermitteln, dringend! Schauen Sie sich doch den gequirlten Mist im Internet an! Das ist gegen mich gerichtet! Man will mich fertigmachen! Also wenn nicht bald Ergebnisse vorliegen, Frau Schön, dann ist aber was los. Ich kenne den Polizeipräsidenten in Ludwigsburg. Das ist ein Schulkamerad von mir, dem wird das auch nicht gefallen!"

Rainer May schien sich nicht zu beruhigen. Hannah versuchte es mit ruhiger Stimme.

„Okay nochmal von vorn, was gibt es im Internet, was Sie betrifft?"

„Na diese Videos. Die hat heute Morgen einer hochgeladen. Ich wurde von meinem Kämmerer angerufen, dass ich mir das anschauen soll. Die Videos mit Max. Rufen Sie die Facebook-Gruppe „Magstadt aktuell" auf! Da hat der Serientäter wieder zugeschlagen."

„Der Serientäter? Wie kommen Sie darauf, dass es mit unseren Ermittlungen zusammenhängt?"

„Na wegen dem Namen und dem Bild. Der nennt sich Triple_X und sein Profilbild sind diese drei Kreuze!"

19. Mai – mittags

Hannah, Jens und Hansi saßen im Büro der beiden Kommissare. Hansi saß am Laptop von Hannah und hatte die Facebook-Gruppe *Magstadt aktuell* aufgerufen. Sie spielten als Erstes die Müllmänner_im_Wald.mp4 Datei ab.

„ICH ÖÖÖFFNE MICH …. ÖÖÖFFNE MICH GÄÄÄNZLICH….. FÜR DICH….“ quäkte es aus dem Laptop.

„Also singen kann der aber nicht…“, murmelte Hansi noch.

„Psscht!“, machte Hannah.

Auf dem Video sah man trotz der fortgeschrittenen Dunkelheit gut erkennbar, Maximilian May und seine Freunde. Der Kamera-Zoom hatte zwar aus einiger Entfernung aufgenommen, aber man konnte die Gesichter der Protagonisten eindeutig erkennen. Zunächst sah man das Gegröle der jungen Männer dann wie sie die McDonalds-Tüte leerten und in den Wald kickten. Dann ein harter Schnitt, neue Szene. Maximilian zählte auf drei und alle warfen ihre Bierflaschen in den Wald. Video aus.

„Wie? Das wars?“, fragte Hansi. „Deswegen komme ich samstags ins Büro?“

„Du willst doch immer der tolle Ermittler sein. Da gibt es keinen Samstag oder Sonntag. Jetzt mach das zweite Video auf!", wies in Jens an.

Auf dem zweiten Video war noch näher auf Maximilian gezoomt. Er ging gerade zu seinem Auto und holte ein kleines Fläschchen vom Beifahrersitz. Jetzt zoomte die Kamera noch weiter rein und man konnte das Fläschchen recht gut erkennen. Es musste sich um ein leistungsstarkes optisches Objektiv handeln, das trotz des wenigen Restlichts sowohl Maximilian als auch die Flasche noch so deutlich darstellen konnte. Die Kamera zoomte wieder auf und man konnte erkennen, wie Maximilian vor den Gesichtern seiner Freunde herumschüttelte. Der Ton war nicht gut und man konnte nur undeutlich verstehen: …ihr Pfeifen …. werfen …was Richtiges…

„Ja und jetzt?"

Hansi schien stinksauer zu sein.

„Deswegen macht der Bürgermeister so ein Fass auf? Was soll denn da gewesen sein? Gut, Müll wegwerfen ist nicht politisch korrekt, das gibt ein Knöllchen. Aber das kann der Bürgermeister ja selbst ausstellen. Was in dem Fläschchen ist, weiß doch kein Mensch? Vielleicht Tic-tac oder M&Ms? Der hat doch nicht alle Latten am Zaun! Ich geh wieder heim."

„Jetzt komm mal runter!", mahnte Jens.

"Und dann zählen wir mal zwei und zwei zusammen. Also erst mal interessant ist, dass der Beitragsschreiber sich Triple_X nennt und dieses Foto als Profilbild verwendet" Er nahm den Laptop und öffnete das Profilbild von Triple_X. Man sah einen Baumstumpf, auf dem drei Kreuze eingeschlagen waren. "Das zweite, was interessant ist, ist dass vom Haus des Bürgermeisters, in welchem auch sein Sohn lebt, eine Kalkspur zu einem Drogenversteck gezogen wird. Und keine zwei Tage später taucht ein Video auf, in welchem der Bürgermeistersohn -scheinbar- Drogen an seine Kumpels verteilt. Da hat der Täter wohl darauf hinweisen wollen, dass der Sohn ein Liebesverhältnis hat, nur halt nicht mit einem Mädel, sondern mit bunten Pillen. Also, das kann man kriminaltechnisch schon verwerten. Wenn nicht wir, dann die Kollegen von der Drogenfahndung."

Diesmal hatte Jens als einziger einen Kaffee gezogen und nahm genüsslich einen Schluck, wohlwissend, dass die anderen keinen Kaffee hatten.

"Und drittens können wir den Fake-Account von Triple_X vielleicht verfolgen und so seine Identität aufspüren!"

Mit diesen Worten klopfte er Hansi auf die Schulter „Du hast gewonnen. Versuch doch mal das herauszubekommen. Und weil wir so großzügig sind, darfst

Du jetzt ins Wochenende, aber versuchst das gleich
am Montagmorgen."

20. Mai abends

Es war ein wunderschöner Maisonntag gewesen. Die Menschen im Großraum Stuttgart hatten den Tag genossen. Die Stadt und ihre Fußgängerzone rund um die Königstraße war proppenvoll gewesen. Die Eiscafés, Dönerbuden und alle Restaurants mit Außengastronomie hatten wunderbare Geschäfte gemacht. Viele Menschen waren auch in die nahe gelegenen Forste und Wälder, an die vielen kleinen Seen oder in den Biergarten geströmt, von denen es in der Metropolregion Stuttgart eine Vielzahl gibt. Überall hatten sich die Menschen durch die Natur inspirieren lassen, hatten ihre leere Batterien wieder aufgetankt, waren spazieren gegangen, Rad gefahren oder hatten Sport getrieben. Alles, um am Montag wieder fit und frisch für die Arbeitswoche zu sein und sich in das Räderwerk der Globalisierung, Digitalisierung oder Effizienzsteigerung im Industriebetrieb einzureihen und die Batterien bis zum nächsten Wochenende wieder komplett leer zu fahren.

Malte-Sören Häberle und sein Kumpel Jason-Flynn Pfleiderer (die beiden hießen wirklich so) wussten von all dem noch nichts. In der Jahrgangsstufe 11. Klasse war man von den Mechanismen des beruflichen Alltags noch ein gutes Stück entfernt. Und so konnte man sich intrinsisch motiviert und damit wirklich glücklich dem Moment widmen. Malte-Sören tat das auf dem Mountainbike. Auf sein derzeitiges Fully Mountainbike hatte er lange gespart. Die letzten beiden Weihnachten und an seinem Geburtstag hatte er alle Großeltern, die eigene Eltern und alle Tanten und Onkels um Geldgeschenke gebeten, um ein Profi Mountainbike kaufen zu können. Sein Polygon Siskio N-Serie, ein vollgefedertes Enduro-Bike, war ein solches Bike. Der Preis von über dreitausend Euro für ein Fahrrad ohne E-Motor sagte schon aus, welche Qualität darin steckte. Es war ein Bike, das keine Kompromisse eingeht: effizient beim Treten bergauf, präzise im Handling und stabil, um jede Abfahrt zu meistern. Sein Kumpel Jason-Flynn saß auf einem Einsteiger Hardtail von Ghost. Kein schlechtes Bike, aber kein Vergleich zu seiner Maschine. Und so war an diesem Abend alles perfekt, als er mit Jason-Flynn den Anstieg zum Sportplatz in Magstadt hinauffuhr. Die beiden sportlichen Jungs fuhren einen solchen Anstieg fast ohne Mühen und waren schnell auf Höhe der Kreuzung Gatter. Dort bogen sie nach links hinunter ins Hölzertal und ließen die Bikes laufen. Im Hölzertal fuhren sie am Waldrand entlang Richtung Hölzersee, bogen aber zuvor Richtung Arboretum ab. Sie kreuzten die Hölzertalstraße und fuhren den Wald hinauf, vorbei an der Stelle, an welcher erst kürzlich ein roter Dacia Dokker aufgefunden wurde. An der Kreuzung vor dem Arboretum sahen Sie ein großes weißes Plakat. Es stand in Richtung des alten Steinbruchs und es war ein weißes Blatt Papier, vielleicht der Größe DIN A0, auf einem Holzschild, welches auf einem Holzstab steckte. Dieser Holzstab war in den weichen Waldboden neben dem Weg gerammt. Auf dem Schild war ein rotes Stoppschild und in schwarzer Schrift zwei Worte darüber und drei Worte darunter gedruckt:

Ab hier:
Keine Scheiß Mountainbiker

Malte-Sören hielt an und schaute das Schild verdattert an. Jason-Flynn schaute zuerst auch erstaunt und lachte dann neben ihm auf.

„Hey Mann, das war doch bestimmt der Steinmüller, die Ratte!"

„Ha!", rief Malte-Sören. „Das alte Arschloch!"

Er drehte sich grimmig zu Jason-Flynn um:

„Na jetzt erst recht, oder?"

Jason-Flynn hob den rechten Arm mit zur Faust geballten Hand nach oben und rief laut: „Yes my friend. Tod allen Scheiß Jägern. Sie können unseren aufgewirbelten Staub schlucken!"

„Yeeeaah!!!"

Malte-Sören trat in die Pedale und jagte den Weg zum Steinbruch entlang, welchen er schon gefahren war, als das Polizeiauto ihn verfolgte. Jason-Flynn folgte ihm, so gut er konnte. Nach drei- oder vierhundert Metern wurde der Weg enger, schlängelte sich durch ein Brennnesselfeld und ging immer steiler bergab. Am alten Steinbruch ging es links hinunter wieder Richtung Hölzertal. Dort lagen zwei größere Steine mitten auf dem Weg, der dann wieder breiter wurde.

„Steinmüller Du Arsch!", rief Malte-Sören als er auf die beiden Steine zu fuhr.

Er sprang mit einem gekonnten „Bunnyhop" über die beiden Steine. Das nächste, was Jason Flynn, der vielleicht zwanzig Meter hinter Malte-Sören fuhr, sah, war, dass Malte-Sörens Vorderrad stehenblieb und wie von Geisterhand ein wenig nach oben gezogen wurde. Malte-Sören flog kopfüber über den Lenker. Sein Mountainbike drehte einen Salto und flog ihm hinterher. Mit einem dumpfen Krachen landete Malte-Sören auf dem Boden, keine Sekunde später landete unmittelbar hinter ihm, mit lautem Scheppern, sein Fahrrad.

Ein markerschütternder Schrei hallte durch die Dämmerung im Magstadter Wald.

21. Mai vormittags

Teambesprechung des Ermittlungsteams Triple_X. Hannah hatte vorgeschlagen, dass man sich als internen Soko-Namen diesen Namen geben würde. Sie fand es mehr als passend, auch wenn es gestohlen war. Aber sie ging davon aus, dass der Urheber sich nicht freiwillig melden würde.

„So Hansi, wie sieht´s aus? Hast Du schon Ergebnisse zu dem Account?"

Hansi, der heute extra früh gekommen war, um bereits an dem Account zu recherchieren, antwortete gut gelaunt:

„Natürlich hat der Hansi schon etwas. Der Account ist gut gemacht. Natürlich ist es ein Fake-Account. Es gibt nur ein Bild, das Profilbild mit den drei Kreuzen auf einem Baumstumpf. Das Bild ist aus dem Internet, übrigens von *sagen.at*, einem österreichischen Portal für Märchen und Sagen. Ich habe da reingeschaut und da gibt es auch die Sage von den „guten Leutlein". So langsam wird mir jetzt auch mulmig."

Hansi feixte in Richtung Jens.

„Der Account hat nur acht Freunde, alles keine richtigen Personen, sondern Weingüter, welche als Personen-Accounts angelegt wurden. Scheint ein Weinfreund zu sein. Das sind auch die einzigen Likes, welche der Account vergeben hat. Es gibt auch nur einen eigenen Eintrag und das sind die beiden Videos. Vorher wurde noch nie etwas gepostet. Der Account ist erst drei Monate alt. Die E-Mail-Adresse, welche im Account hinterlegt ist, ist eine Posteo-E-Mail-Adresse. Posteo erhebt bei Anmeldung keinerlei personenbezogene Daten. Alle Mails und weitere Daten werden auf den Servern von Posteo verschlüsselt übertragen und gespeichert, eine Herausgabe selbst an Behörden ist somit nicht möglich. Der Mail-Dienst kostet monatlich ein Euro, kann sich jeder leisten. Das Geld kann man mit einem anonymisierten Verfahren schicken, es gibt keine Verbindung zwischen E-Mail-Adresse und Bezahlung. Die Telefonauthorisierung kann man auch mit ausländischen Prepaid-Karten umgehen, bringt also auch nichts, hier zu recherchieren. Jetzt versuchen wir noch eine IP-Adresse herauszubekommen, mit der auf den Account zugegriffen wurde. Ich würde mich aber wundern, wenn wir da ein privates Netzwerk entdecken. Wenn der Täter clever ist, wovon ich ausgehe, hat der immer von einem öffentlichen Netzwerk zugegriffen, MC Doof oder so."

„Dachte ich mir. Der Täter oder gendergerecht, die Täterin sind sicherlich gut vorgegangen", bemerkte Jens.

„Oder die Waldgeister können jetzt auch Internet", spöttelte Hansi.

Jens musste grinsen.

„Vielleicht haben sie nur menschliche Verbündete? Internetkenner und Videofreunde?"

„Hört mit dem Quatsch auf", mahnte Hannah. "Kriminaltechnisch ist das Video wahrscheinlich tatsächlich harmlos beziehungsweise wertlos. Das bisschen Müll kann die Ordnungsbehörde ahnden, das Fläschchen-Video ist kein Beweis. Aber wir könnten es als Druckmittel gegen den Bürgermeister und seinen Sohn einsetzen. Vielleicht gibt es doch noch mehr, was man wissen muss. Ich mach da gleich mal einen Termin. Ich habe so ein Gefühl, dass der Bürgermeister mich eher schneller als langsamer sprechen möchte."

Hannah griff zum Telefon und wählte die Nummer des Bürgermeisters in Magstadt. Sie wurde tatsächlich sofort durchgestellt. Hannah erklärte ihr Anliegen und ihren Gesprächsbedarf und bat auch um Teilnahme von Sohn Maximilian.

„Das können wir einrichten, Frau Schön. Maximilian fühlte sich heute unpässlich und ist zu Hause. Wenn Sie mögen, können Sie gleich vorbeischauen. Ich werde Maximilian dazu rufen."

Hannah hatte mal wieder den richtigen Riecher gehabt.

„Komm Jens, das machen wir gleich. Die restliche Fallanalyse machen wir danach!"

Eine Stunde später saßen Jens und Hannah im Büro des Bürgermeisters. Rainer May hatte bereits seinen Sohn dazu gerufen. Maximilian saß kerzengerade auf einem Bürostuhl mit Rollen neben seinem Vater und sein Blick war ernst und selbstsicher. Rainer May saß lächelnd auf seinem Bürgermeister-Chefsessel hinter einem übergroßen hölzernen Schreibtisch. Die beiden Ermittler saßen wie Bittsteller auf Gästestühlen ohne Rollen davor und Hannah hatte den Eindruck, dass diese Stühle auch absichtlich etwas niedriger waren als der Chefsessel. Eine Szenerie wie aus einem schlechten Managementbuch aus den Siebzigerjahren. Hannah und Jens ahnten sofort, dass die Familie May sich abgesprochen hatte.

„Frau Schön, wie immer schön, dass ich Sie sehe", witzelte der Bürgermeister und fand seine Bemerkung selbst am besten. „Jetzt bin ich aber gespannt, was Sie uns Neues berichten".

„Nicht, dass wir uns missverstehen", antwortete Hannah. „Wir sind gekommen, um Sie und Ihren Sohn weiter zu befragen".

„Oh", entfuhr es dem Bürgermeister. "Ich dachte, Sie könnten uns schon Ergebnisse bringen?"

„Leider nein, aber fangen wir doch mit unseren Fragen an. Herr Maximilian May, Sie haben am 16. Mai morgens gegen sechs Uhr unweit des Hölzersees,

Frau Miriam Dobler im Auto eingesperrt gefunden. Wir haben Ihre Fingerabdrücke auf dem Fahrzeug von Frau Dobler gefunden. Hierzu haben Sie ausgesagt, dass Sie versuchten Frau Dobler zu befreien. Das ist durchaus glaubhaft. Mich würde interessieren was Sie denn so früh dort gemacht haben?"

„Sie verdächtigen mein Sohn in dieser Sache?", fragte der Bürgermeister sichtlich erstaunt. „Das kann nicht ihr Ernst sein! Maximilian hat die Dame gefunden und auch die Rettung gerufen! Der hat damit nichts zu tun!"

„Herr Dr. May, bitte lassen Sie Ihren Sohn antworten, der ist ja alt genug."

„Passt schon Papa!", beschwichtigte Maximilian seinen Vater „Ich war noch spazieren. Wir hatten an dem Tag eine wichtige Gläubigerausschuss-Sitzung, bei welcher ich die Bank vertrete. Ich hatte etwas unruhig geschlafen und wollte mich noch etwas fit machen vor der Sitzung. Daher bin ich an dem Tag früh aufgestanden und war noch frische Luft schnappen, bevor ich in die Bank fuhr."

„Wo sind Sie denn genau gelaufen?"

„Ich habe beim Lkw-Parkplatz geparkt, bin dann am Steinbruch hochgelaufen und den ersten Querweg wieder Richtung Hölzerstraße, bis ich auf das Auto gestoßen bin."

„Ganz schöne Strecke so am frühen Morgen. Und dann auch noch im dunklen Wald. Haben Sie etwas Auffälliges bemerkt?"

„Nein. Auffällig war vielleicht, dass das Auto so tief im Wald stand. Aber ich habe später gesehen, dass die Schranke offen war. Hat vielleicht ein Jäger offengelassen. Die Frau war jedenfalls im Auto hinten eingesperrt. Im Hundekäfig. Da hat sie kaum reingepasst und sie hat geschlafen oder war betäubt. Und die beiden Hunde waren vor dem Auto angebunden. Ich habe versucht, das Auto zu öffnen, konnte ich aber nicht. Dann habe ich die 110 angerufen."

„Wo waren Sie denn am 14. Mai abends?"

„Jetzt reicht´s aber", rief Rainer May und zu seinem Sohn gewandt: „Da wurde der Mann überfallen, welchen man auf dem Hochsitz gefunden hat. Das musst Du nicht beantworten Max, damit hast Du nichts zu tun. Das lässt Du dir nicht unterstellen!"

„Herr Dr. May" antwortete Jens in einem deutlich schärferen Ton. „Wir unterstellen gar nichts. Wir sammeln Informationen und vielleicht haben einige davon mit dem Fall zu tun. Ich darf daran erinnern, dass wir eine Kalkspur von Ihrem Haus zu einem Drogenversteck gefunden haben und bei diesem Versteck Zeichen gefunden wurden, welche auch bei den anderen Fällen gefunden wurden, Also bitte, beantworten Sie die Frage."

Damit wandte er sich wieder an Maximilian May.

„Am 14. abends war ich noch mit einem Kumpel ein Bier trinken."

„Wo? In einer Kneipe?"

„Ne an einer Tanke. An der Agip."

„Bis wann?"

„Vielleicht bis zehn Uhr. Und dann bin ich nach Hause."

„Hat Sie ihr Vater gesehen?"

„Nein, ich habe einen eigenen Eingang."

„Ok. Kommen wir zu dieser Kalkspur. Irgendeine Idee, was das sollte?"

„Da will uns einer etwas anhängen!"

Da war wieder Rainer May.

„Das ist eine Kampagne gegen mich. Man will mich diskreditieren, in dem man meinen Sohn in die Nähe von Drogen bringt! Warum haben Sie da noch nichts ermittelt? Wer hat das Video gedreht und hochgeladen? Ich kann mir vorstellen, wer das war!"

Jens schloss kurz die Augen und rieb sich die Stirn.

„Wer war es denn?", fragte Hannah und sah dem Bürgermeister auffordernd in die Augen.

Rainer May zögerte kurz. Er war sich im Klaren, dass er eine Beschuldigung aussprach, welche er nicht beweisen konnte. Und ob die ersten Taten seinem Verdacht zuzuschreiben waren, wusste er nicht.

Sein Sohn kam ihm mit einer Antwort zuvor.

„Mein Vater hat recht. Auf einem der Videos sieht man, dass ich ein Fläschchen herumreiche. Das soll aussagen, dass ich Drogen an meine Freunde verteile. Und das ist falsch!"

„Und was war in dem Fläschchen?"

"Guarana Kick Speed"

"Was ist das?"

„Ein legales Aufputschmittel. So etwa wie Red Bull. In Brasilien können Sie Guarana sogar als Dosengetränk kaufen, Hier in Deutschland gibt es die Pillen zu kaufen. Ich finde, es wirkt."

Maximilian sah zufrieden zu seinem Vater. Der nickte leicht.

„Sehen Sie. Wir haben nichts zu verbergen!"

Rainer May klang jetzt etwas trotzig.

Hannah versuchte betont, sachlich zu bleiben.

„Herr Dr. May. Wenn Sie tatsächlich wissen oder auch nur ahnen, wer das Video gedreht hat, müssen Sie uns den Namen nennen. Ich bitte Sie aber zu beachten, dass wir davon ausgehen, dass der Filmemacher mit allen Taten in Verbindung zu bringen ist. Und bei den ersten Taten sehe ich zumindest keinen Bezug zu Ihnen."

Rainer May überlegte kurz und nickte dann zustimmend.

„Sie haben recht. Meine Kontrahenten hier in Magstadt sind bekannt. Jemand anderer würde mir nicht einfallen. Ich würde Ihnen nur empfehlen, das Facebook-Profil „*Der_Manfred*" zu hinterfragen. Das könnte möglicherweise eine Spur sein."

Hannah notierte sich den Alias-Namen und fuhr dann an Maximilian May gewandt fort:

„Zum Thema Fläschchen Inhalt sei gesagt, dass wir nicht zuständig sind. Ob Sie Früchte-Drops oder etwas anderes darin hatten, interessiert in unserer Fallermittlung nicht. Uns interessiert auch die Kalkspur nicht. Interessant ist alleinig diese Verbindung mit den drei Kreuzen. Können Sie erklären, warum diese Kreuze da aufgemalt waren?"

„Nein verdammt. Ich habe damit nichts zu tun. Ich kann nicht erklären, warum da eine Spur liegt und auch nicht, warum diese drei Kreuze gemalt wurden!" Maximilian May reagiert wieder ärgerlicher.

Hannahs Telefon klingelte und als sie auf das Display schaute, sah sie die Nummer der Polizeidirektion. „Entschuldigen Sie kurz", sagte sie zu Rainer May und nahm ab. Hansi war dran.

„Wir haben den nächsten Fall! Einen schwer verletzten Mountainbiker!"

21. Mai nachmittags

Hannah und Jens saßen im Sindelfinger Krankenhaus im Zimmer von Malte-Sören. Nach dem Anruf von Hansi haben sie sich zügig von dem Bürgermeister und seinem Sohn verabschiedet und sind zurück nach Böblingen gefahren. Hansi hatte berichtet, dass er von der Verkehrspolizei über den Fall des Mountainbikers informiert wurde. Die Kollegen hatten gestern Abend zunächst nur einen alltäglichen Unfall aufgenommen. Beim Bericht schreiben dachte sich ein sonst eher schweigsamer Polizist, dass er aufgrund des Unfallorts die Ermittler vom Team Triple_X informieren könnte, was er dann auch am nächsten Morgen sofort getan hatte. Hansi hatte sofort einen Zusammenhang mit den bisherigen Fällen vermutet, auch wenn bisher keine drei Kreuze gefunden wurden. Aber vielleicht werden die ja noch gefunden, da war er sich fast sicher. Hannah war überaus zufrieden mit Hansi und belohnte ihn gleich damit, dass er den nächsten wichtigen Ermittlungshinweis recherchieren sollte: Wer ist *Der_Manfred*?
Im Zimmer von Malte-Sören saß auch noch sein Kumpel Jason-Flynn. Das war den beiden Polizisten mehr als recht, waren doch damit beide Beteiligten von gestern anwesend. Malte-Sören lag steif in seinem Bett. Sein gesamter linker Arm war inklusive der

Schulter eingegipst und geschient. Im Gesicht und vermutlich noch an anderen nicht sichtbaren Körperstellen hatte er einige Schürfwunden, jedoch sonst nichts gebrochen.

„Grundgütiger!" sagte Jens betroffen zu ihm. "Du siehst ja aus wie durch den Wolf gedreht."

Malte-Sören blickte nur böse zu den beiden Polizisten.

„Dein Kumpel hier hat ja bereits zu den Kollegen von der Polizei gesagt, dass Du über ein Hindernis gesprungen bist, welches Euch in den Weg gelegt wurde. Und dabei bist Du gestürzt. Stimmt das?"

Malte-Sören schnaubte: „Ich bin nicht gestürzt. Ich stürze nicht. Ich bin zu sehr schon Profi! Jemand hat mich vom Rad geholt!" Auf seiner Stirn sah man gereiztes Stirnrunzeln.

„Ah ja ich vergaß! Profi!" Jens zog hörbar die Luft ein. "Wer oder was hat Dich vom Rad geholt?"

„Weiß ich nicht!"

Zu Jason-Flynn gewannt fragte Hannah: „Und Du? Was ist mit Dir. Was hast Du gesehen?"

Jason-Flynn war in Gegenwart der Polizisten sichtlich schüchterner als Malte-Sören.

„Also ich habe gesehen wie der Malte gesprungen ist. Astreiner Bunny-hop würde ich sagen. Und plötzlich mitten im Sprung, stoppt das Rad, als ob es gegen etwas gefahren wäre. Und der Malte macht den

Handstand über den Lenker und - zack, fliegt er den Weg entlang."

„Weißt Du, was das Fahrrad gestoppt hat?"

„Keine Ahnung, da war nichts. Gut, es war schon etwas dämmrig und man konnte nicht alles super sehen, aber zum Fahren war es noch ausreichend. Lampen haben wir ja nicht an den Bikes, die hätten auch nichts gebracht, sind ja keine Flutlichter. Aber man konnte noch ausreichend den Trail sehen, deswegen sahen wir ja auch die beiden Steine mitten auf dem Weg, direkt da, wo der Weg wieder größer wird. Man kann kaum drumherum, nur durch die Brennnesseln. Deswegen wollten wir drüber. Das war klare Absicht, dass da jemand Steine hingelegt hatte!"

„Was ist dann passiert?"

„Na der Malte hat geschrien wie eine abgestochene Sau! Ich meine, schauen Sie sich den an. Der hat den ganzen linken Arm gebrochen."

Malte-Sören versuchte den linken Arm zu heben, lies es aber aufgrund der Schmerzen sofort wieder bleiben.

„Hat der Arzt uns schon gesagt. Eine Luxation des Ellenbogens. Das tut richtig weh."

„Dann habe ich erst mal nach ihm geschaut. Er hat nur gejammert und ist mit meiner Hilfe hingesessen. Ich denke, er hatte einen Schock. Wir haben erst mal ein paar Minuten gewartet, vielleicht wäre es ja besser

150

geworden. Wurde es aber nicht. Sobald der Malte-Sören nur die kleinste Bewegung gemacht hat, hat er laut gestöhnt. Irgendwann habe ich dann den Notruf gewählt. Die kamen dann, wie ich finde, ganz schön spät. Aber die haben ihm geholfen, mit einer Spritze, sodass er gleich weg war und keine Schmerzen mehr hatte."

„Wer kam denn? Sanitäter? Und eine Streife?"

Jason-Flynn nickte.

„Du sagst, da war nichts außer den Steinen. Kann es sein, dass das Fahrrad an diesen hängen geblieben ist?"

Jason-Flynn schüttelte den Kopf. "Glaub ich nicht, der Sprung war gut und hoch. Es sah auch mehr so aus, als ob das Vorderrad angehalten hätte, aber war schwer zu sehen."

„Doch so wars!" schrie Malte-Sören. "Das Vorderrad! Ich erinnere mich jetzt. Als ob ich gegen eine Wand gefahren wäre!"

Hannah nickte.

„Und sonst war da wirklich nichts?"

„Nein nur das Schild."

Jens sah Hannah an und diese sah ihn ebenso erstaunt an.

„Welches Schild?" fragten beide gleichzeitig.

„Na das an dem Wegrand weiter vorne an der Kreuzung, sonst wären wir doch gar nicht dort entlanggefahren. Da wo das mit den Scheiß Bikern draufstand."

„Da war ein Schild? Wo genau?"

Jens stand auf und zückte das Mobiltelefon. Jason-Flynn erklärte Jens, wo sie das Schild gesehen hatten. Jens rief Hansi an, um eine sofortige Durchsuchung der Stelle zu veranlassen.

„So Jason-Flynn. Jetzt bist Du warmgelaufen beim Erzählen. Vielleicht noch eine Idee, wer das war?"

„Steinmüller" riefen Jason-Flynn und Malte-Sören fast gleichzeitig.

„Soso, euer spezieller Freund. Der hat das angeblich schon mal gemacht. Habt ihr den Steinmüller gesehen?"

„Nö nur das Schild"

„Sonst noch ein Verdacht oder eine Idee?"

Beide schüttelten den Kopf, doch Jason-Flynn besann sich plötzlich.

„Vielleicht der Typ mit der Taschenlampe?"

„WAS?"

Jens war verärgert aufgesprungen.

„Was denn für ein Typ mit der Taschenlampe? Kommst Du jetzt mal mit allem raus, was Du gesehen hast?"

Hannah legte Jens beruhigend die Hand auf den Arm.

„Jason-Flynn ganz ruhig. Erinnere Dich, was war das für einer mit einer Taschenlampe?" fragte sie den Jungen.

„Ja hatte ich ganz vergessen."

Jason-Flynn klang jetzt kleinlaut.

„Bevor ich den Notruf gewählt habe, habe ich ein Licht gesehen, wie von einer Taschenlampe. Unten am Steinbrucheingang. Nicht sonderlich stark, ein Licht halt. Ich dachte, da könnte uns einer helfen und ich habe auch laut gerufen. Aber das Licht ist nur hin und her, wie wen einer mit einer Taschenlampe laufen würde. Und dann war es aus."

„Und dann?"

„Dann habe ich den Notruf gerufen. Ich hatte ja Gott sei Dank ein Handy dabei."

„Der Typ mit der Lampe war weg? Du hast auch ihn nicht gesehen?"

„Nö nur ein Schatten vielleicht. Da unten ist es ja schon dunkler, oben, wo wir lagen, war es noch heller. Ich habe eigentlich nur das Licht gesehen."

„Und Du Malte, hast Du das auch gesehen?"

Malte schüttelte nur den Kopf.

"Ne ich hatte Schmerzen. Ich habe nur Sterne gesehen."

22. Mai vormittags

Öffentliche Facebook-Gruppe: „Magstadt aktuell"

Der_Manfred: *Hey Leute. Habt ihr schon das Neuste vom Magstadter Wald gehört? Jetzt werden schon Radfahrer umgenietet….. Apropos Niete …denkt mal an den Bürgermeister* 😈 😈 😈

Sus_Anne: *Was ist denn passiert???*

Pia M: *Ich habe es von der Heike. Der Malte-Sören liegt im Krankenhaus! Der sollte ermordet werden!*

Sus_Anne: *Was?? Wieso denn das??*

Pia M: *Na der Mörder und Vergewaltiger aus dem Wald! Der hat den Malte beim Fahrradfahren überfallen. Gott sei Dank war sein Kumpel Jason da. Das hat ihn gerettet.*

Sus_Anne: *Oh Gott. Ich geh nicht mehr in den Wald!*

Pia M: *Das kannst Du laut sagen! Wir sollten nur noch in Gruppen gehen. Man ist ja seines Lebens nicht mehr sicher.*

Der_Manfred: *Ich mach ne Bürgerwehr! Das kann man ja nicht mehr mit ansehen. Wir brauchen andere Politiker! Wer macht mit?*

Sveni aus M.: *Bin dabei!*

Mike the Hool: *Randale? Ganz mein Ding!*

Sus_Anne: *Hey Leute so ein Quatsch. Die Polizei ermittelt doch bestimmt schon.*

Der_Manfred: Die Polizei 😨 Korrupter Haufen, stecken alle unter einer Decke! Nö. Das machen wir selber!

Hannahs Mobiltelefon klingelte. Als sie ran ging, musste sie es gleich wieder von ihrem Ohr weghalten. Der Bürgermeister von Magstadt krakeelte so laut, dass auch Jens und Hansi, die in der Nähe saßen, es deutlich mitbekamen. Hannah ließ Dr. May seinen Kropf leeren und sagte dann betont ruhig:
„Vielen Dank für Ihren Anruf Herr Dr. May. Sobald wir Ergebnisse haben, melden wir uns."
Damit legte sie auf und verdrehte die Augen.
„Diese Kommunalpolitiker".
Sie wendete sich Hansi zu und nickte. Hansi legte los:
„Also zunächst einmal *Der_Manfred*. Der ist definitiv kein so Experte, was das Versteckspiel im Internet angeht wie *Triple_X*. Es handelt sich um Benjamin Reimann. Das war nicht schwer herauszubekommen. Er hat noch einen zweiten Facebook Account mit seinem richtigen Namen. Mit diesem liked er immer die eigenen Beiträge von *Der_Manfred* und meistens als Erstes. Es ist der minderjährige Sohn von Friedhelm Reimann, Gemeinderatsmitglied und Vorsitzender der KML, der Konservativen Magstadter Liste. Eindeutig ein Gegenspieler des Bürgermeisters. Ob der Sohn auf Anweisung des Vaters agiert, wissen wir nicht. Aber hier wird dreckige Wäsche gewaschen.

155

Doch ermittlungstechnisch wohl nicht von Belang. Wir könnten es dem Bürgermeister stecken, dann kann er das ausweiden."

Er überlegte, ob er noch einen Kaffee holen sollte, sah aber an Hannahs Blick, dass er jetzt besser weitermacht.

„Dann das Schild, von welchem Jason-Flynn gesprochen hat. Haben wir tatsächlich gefunden. Lag nicht weit vom Tatort an einer Weggabelung seitlich im Wald. Zusammengenagelte Holzbretter auf einem Holzstab wie immer übliche Baumarktware. Darauf ein DIN A 0 Papier mit einem Laserprint vermutlich von einem HP-Laserjet Drucker. Auf dem Blatt stand *„Ab hier keine Scheiß Mountainbiker".* Und jetzt kommts. Unter dem weißen Blatt Papier sind wieder drei Kreuze. Mit irgendeinem Brenner eingebrannt auf die Bretter! Hatte der Hansi mal wieder den richtigen Riecher!"

Zufrieden beendete er seinen Vortrag.

„Danke Hansi ganz prima" lobte Hannah. „Du darfst jetzt auch Kaffee holen, aber bitte für uns alle drei."

Sie wendete sich Jens zu.

„Jens, du hast Dir den alten Fall angeschaut. Haben wir da noch etwas im Archiv?"

„Ja tatsächlich haben wir noch eine Mappe. Da ist nicht viel drin, aber ein paar Fotos können wir uns anschauen. Der Bericht ist recht knapp für die heutige Zeit. Naja war damals halt noch mit Schreib-maschine getippt. Im Wesentlichen steht das drin, was wir schon wissen, bis auf eine wichtige kleine Zu-satzinformation. Die sag ich Euch auch gleich, zeige Euch aber vorher noch die Fotos."

Mit diesen Worten legte er eine sichtlich ältere Mappe auf den Schreibtisch und öffnete diese.

„Das eine Bild haben wir schon bei dem Museumslei-ter gesehen. Es ist das Bild von Joseph Müller und sei-ner Familie. Und hier sind, wie ich finde, die beiden Kinder interessant. Frank und Karin. Wie uns Hans Gerber schon gesagt hat, wurden sie erst in ein Heim nach Bad Saulgau und dann in ein Heim für Waisen nach Norddeutschland gegeben, genauer gesagt nach Oldenburg. Leider gibt es das Heim heute nicht mehr. Es wurde bereits vor über zwanzig Jahren ge-schlossen. Ich habe bei verschiedenen Ämtern Anfra-gen gestellt, ob diese Auskunft über den Verbleib ge-ben können. Bisher habe ich aber noch keine Rück-meldung. Interessant ist aber auch das zweite Bild hier. Es zeigt das Opfer, Hans-Günther Gassner und zwei seiner Freunde."

Er nahm ein Foto aus der Mappe und legte es auf den Schreibtisch vor sich. Auf dem Foto waren drei junge Männer etwa Mitte zwanzig zu sehen. Zwei der Män-ner hatten die damals typischen längeren Haarfrisu-ren. Der kleinere, etwas gedrungener wirkende junge

Mann in der Mitte hatte eine Kurzhaarfrisur und einen akkuraten Mittelscheitel.

„Der links ist Hans-Günther Gassner, daneben stehen zwei Kumpels. Und der hier", er tippte auf den jungen Mann mit der Kurzhaarfrisur, „der kommt mir doch sehr bekannt vor. Ich habe nicht lange überlegt, aber ich glaube, den kennen wir alle. Vor allem, weil er im Bericht erwähnt wird!"

Hannah besah sich das Foto.

„Siegfried Steinmüller!"

„Ganz genau. Und jetzt ratet mal, wer Hans-Günther Gassner für die Tatzeit bei der Vergewaltigung mit Todesfolge im Fall Eva Müller ein Alibi gegeben hat?"

Hansi, der mit drei Kaffee-Kreationen zurückgekehrt war, war am schnellstens:

„Der Siggi!"

„Bingo!"

22. Mai nachmittags

Siegfried Steinmüller saß kerzengerade auf seinem Sofa in seinem Haus in der Birkenstraße. Neben ihm lag sein Hund Nero mit prüfend erhobener Nase, da er die Anspannung seines Herrn bemerkte. Gertrude Steinmüller war heute Nachmittag im Yoga-Kurs und so saß Steinmüller allein den beiden Kriminalbeamten gegenüber. Er hatte schon bei Eintreten von Jens und Hannah geahnt, dass die beiden eine neue Information hatten, und er konnte sich auch vorstellen, was das war.

„Herr Steinmüller. Warum haben Sie uns nicht gesagt, dass Sie ein guter Freund von Hans-Günther Gassner waren?", fragte Hannah ihn direkt.

„Warum wäre das denn wichtig gewesen? Wir sind kein großer Ort und ich lebe hier seit meiner Geburt. Natürlich kannte ich Günne Gassner!"

„Aber Sie kannten ihn doch nicht nur oberflächlich, Sie waren eng befreundet?"

„Ha! Eng befreundet. Mit Günne war keiner wirklich eng befreundet. Günne war ein Arschloch, wie es im Buche steht. Der kannte nur sich und seinen kleinen Toni in der Hose! Aber vor fünfzig Jahren war die Möglichkeit, hier in Magstadt Freunde zu haben, schon begrenzt. Wenn Sie keinen Fußball oder Handball gespielt haben, blieben nicht mehr viele übrig.

Günne war ein Klassenkamerad und so was wie der Chef im Ring. Ich habe mich halt mit ihm rumgetrieben, ja das stimmt."

„Sie hätten uns aber sagen sollen, dass Sie der Alibigeber für Günne Gassner waren. Also im Fall der ermordeten Eva Müller."

„Haben Sie mich das gefragt?", antwortete Steinmüller patzig. "Der Hans Gerber hat Ihnen die Geschichte erzählt, so wie Sie die hören wollten. Ich kann mich nicht erinnern, dass wir ein Verhör hatten und Sie aus mir -die Wahrheit und nichts als die ganze Wahrheit- herausgeprügelt haben!"

„Nun gut Herr Steinmüller. Es ist trotzdem eine wichtige Information. Wir gehen davon aus, dass die Verwendung der Zeichen darauf hindeuten soll, dass der alte Fall etwas mit den neuen Fällen zu tun hat. Daher ist es schon wichtig, dass Sie bei dem alten Fall eine Rolle gespielt haben."

„Quatsch! Eine Rolle gespielt! Ich habe gar nichts gespielt. Ich war mit dem Günne und mindestens zwanzig anderen am Hölzersee saufen! Bis morgens!"

„Aber Sie waren der Einzige, der bezeugt hat, dass Gassner immer am See gewesen wäre."

„Na die anderen waren halt nicht alle durchgehend da oder haben besoffen herumgelegen."

„Herr Steinmüller, haben Sie schon mal überlegt, ob es der jetzige Täter vielleicht auch auf Beteiligte im damaligen Fall abgesehen hat?"

Siegfried Steinmüller sagte erst mal nichts. Das war ihm sichtlich noch nicht in den Kopf gekommen.

„Was? Sie meinen, ich wäre bedroht?"

„Wie gesagt, wir haben bisher keinerlei Motiv, aber auszuschließen ist das nicht."

„Aber die Mountainbiker sind doch junge Leute, die waren doch damals gar nicht geboren!"

„Das stimmt. Die Frau mit den Hunden war auch noch nicht geboren. Aber vielleicht geht es ja auch nicht um diese Personen, sondern um ihre Taten. Und der Täter könnte ja auch die damalige Tat mit betrachten, deswegen dann die drei Kreuze."

Siegfried Steinmüller fasste sich an die Nase und rieb daran. Seine Augen waren jetzt leicht zusammengekniffen und man sah, dass er darüber ernsthaft nachdachte.

Dann sagte Jens:

"Es gebe auch noch eine weitere Theorie. Der Täter und derjenige, der die Kreuze hinterlässt, sind nicht die gleiche Person. Möglicherweise möchte die Person mit den Kreuzen auf den jetzigen oder aber auf einen damaligen zweiten Täter hinweisen?"

Hannah schaute Jens überrascht an. Eine zwei Täter Theorie hatten sie zwar in Erwägung gezogen, aber im Detail nicht besprochen. Aber Jens war für überraschende Gedankengänge bekannt und hatte damit auch immer wieder Erfolg gehabt. Nur hätte sie gerne eine Abstimmung solcher Verhörstrategien und entsprechend ärgerlich schaute sie ihn an. Siegfried Steinmüller war wiederum erstaunt.

„Wie meinen Sie das?"

„Ich meine, dass Sie vielleicht der Täter sein könnten und es jemand gibt, der einiges über Sie weiß und einen subtilen Hinweis gibt?"

„Was? So eine Frechheit! Ich habe damit nichts zu tun!"

„Ich kann mich noch an Ihre Ausführungen zu den Ferkeleien im Wald erinnern. Die Sextypen, die Hundebesitzer, die Mountainbiker, ich glaube sogar das Müllthema, hatten Sie das letzte Mal erwähnt. Schon seltsam, aber die Opfer sind alles Menschen, welche Sie scheinbar überhaupt nicht ausstehen können."

Siegfried Steinmüller verlor leicht an Gesichtsfarbe.

„Das können Sie mir nicht anhängen!"

„Ich glaube Sie hassen manche Menschen wirklich abgrundtief", fuhr Jens ungerührt fort. „Ich meine, was machen diese Typen auch alle da im Wald. Haben keine Ahnung bezüglich der Schönheit von Flora und Fauna. Stimmts?"

Jens schaute Steinmüller durchdringend an. Hannah fand den Ansatz von Jens immer besser und war daher aufgestanden. Sie stand jetzt direkt hinter Jens, den Blick ebenso auf Steinmüller gerichtet.

„Sie sind doch der große Naturliebhaber. Ein Jäger, der die Tiere achtet, der Wildruhezonen einrichtet. Und dann kommen diese Stadtmenschen und verderben alles. Wars nicht so? Furchtbare Hedonisten, denen die Tiere und der Wald völlig egal ist. Und da haben Sie mal gedacht: diesen Typen zeig ich´s jetzt. Die haben hier nichts verloren. Sie wollten denen einen richtigen Denkzettel verpassen, richtig?"

Steinmüller war jetzt aschfahl. Jens hatte ihn dort, wo er ihn haben wollte.

„Der erste Mann, ein Sexist, der im Wald seinen Schweinereien frönt. Dem haben Sie mal gezeigt, wie das ist, wenn man zum Sexualobjekt wird. Richtig? Und dann die Hundedame. Der haben Sie schon mal mit dem Abschuss der Hunde gedroht. Aber die armen Tiere, die können nichts dafür. Die Dame sollte es treffen. Auch richtig? Naja und die Mountainbiker sind ja bekanntermaßen mit Ihnen im Krieg. Also ich wette, Herr Steinmüller, wenn wir mit der KTU nochmals richtig genau an einige der gefundenen Objekte gehen, dann finden wir etwas von Ihnen. Wären Sie bereit, uns Ihre Fingerabdrücke und eine DNA-Probe zu geben?"

Mit diesen Worten zog er ein in einem Röhrchen ver-
packtes Wattestäbchen aus der Jackentasche, welches
er immer dabeihatte.

„Das..das können Sie nicht glauben...", stotterte
Steinmüller.

Jens zog das Wattestäbchen aus dem Glas.

Steinmüller wich nach hinten aus.

„Das muss ich nicht!"

„Stimmt!", sagte Hannah. „Dann suchen wir aber
extra genau nach Hinterlassenschaften von Ihnen.
Und wir könnten einen Durchsuchungsbefehl und
eine Aufforderung zur Speichelprobe beantragen.
Also wenn Sie nicht freiwillig mitmachen, glaube ich
nicht, dass wir weniger erfahren werden."

Ihr Blick war eisern und fest und Steinmüller konnte
ihm nicht standhalten. Er senkte erst den Kopf, um
ihn dann ruckartig nach oben zu heben. Dann sagte
er mit lauter Stimme:

„Ich gebe zu, dass ich die Steine in den Weg der Fahrrad Pappnasen gelegt habe!"

Treffer, dachte sich Jens und steckte das Wattestäbchen wieder zurück.

„Aber nur das! Die Steine beim Steinbruch! Das war
ich. Aber schon vor Tagen. Ich habe auch noch bei
anderen Trails von denen Steine hingelegt. Ich habe
gehofft, dass diese Rüpel da mal entlangfahren, wo
ich etwas hingelegt habe und den Wanderer, den

stört´s ja nicht. Ja, die sollten stürzen! Taten sie ja auch!"

Er verschränkte die Arme wie ein kleines trotziges Kind.

„Und die Hundebesitzerin? Warum haben Sie die eingesperrt?"

„Das war ich nicht! Ich habe einmal eine dicke, hässliche Kneifzange von Hundebesitzerin im Wald zur Rede gestellt. Die hat ihre nicht erzogenen Dreckstölen im Wald herumsuchen lassen. Diese Hunde sind nicht erzogen, nicht ausgebildet, so wie mein Nero!"

Er tätschelte den Hund neben sich sanft am Kopf.

„Wissen Sie was Hunde anrichten können? Das sind Hetzjäger! Ein Hund kann jedes Reh zur Strecke bringen. Und wissen Sie wie viel totgebissene Kitze ich im Wald finde? Also habe ich der „Dame" den Marsch geblasen! Aber richtig! Ich hätte beinahe ihre Hunde erschossen. Wobei die Tiere ja nichts dafürkönnen, wenn der Mensch strunz doof ist. Die wollte mich deswegen anzeigen. Warte ich bis heute darauf!"

„Der Mann auf dem Jägerhochsitz?"

„Wie oft denn noch? Ich war es nicht!"

Siegfried Steinmüller schnaubte und murmelte leise: „Ohne Anwalt sag ich gar nichts mehr!"

Hannah beugte sich über den Wohnzimmertisch leicht in Richtung Steinmüller und sah ihm lange

165

und tief in die Augen, bis er wieder auswich. Dann sagte sie:

„Ich glaube Ihnen kein Wort!"

Eine Stunde später saßen beide zusammen mit Hansi in Böblingen im Büro von Hannah und Jens. Siegfried Steinmüller hatte sich doch noch dazu durchgerungen, eine Speichelprobe abzugeben. Danach hatten sie ihn belehrt, dass er Magstadt nicht verlassen durfte und sie einen Untersuchungshafttermin prüfen lassen würden. Er solle sich vorsorglich anwaltlich beraten lassen. Eine Fluchtgefahr sahen sie nicht. Steinmüller hatte nur in Magstadt gelebt und würde kaum jetzt durch die Welt trampen, um sich zu verstecken.

„Der Steinmüller ist zwar ein alter, schwäbischer Kotzbrocken, ich kann mir aber nicht vorstellen, dass er für das alles allein verantwortlich ist" begann Hannah. „Das mit dem Internet-Chat bekommt der doch nicht hin?"

„Stimmt glaube ich auch nicht. Dennoch, die Steine hat er den Mountainbikern in den Weg gelegt. Das hat er zugegeben. Also war er beteiligt", antwortete Jens.

„Die Theorie von zwei Täter hatten wir das letzte Mal schon bedacht."

Hannah stand auf und ging an das Whiteboard, an welchem noch immer die Namen und Worte vom letzten Brainstorming standen.

„Lasst uns überlegen, was hier noch fehlt. Als Erstes fehlt der Internet-Account."

Sie schrieb *Triple_X* an das Whiteboard.

„Dann noch der Mountainbiker. Malte-irgendwas, das dritte Opfer", sagte Jens.

Hannah schrieb *Malte-Sören/Mountainbike*.

„Und dann noch Mathilde", sagte Hansi mit schelmischem Grinsen.

Hannah und Jens schauten verständnislos.

„Ja der Hansi war mal wieder richtig gut. Ich habe im Telegram einen Account namens „*Wer kennt Sugar Daddy-Belohnung!*" eingerichtet. Ich dachte, vielleicht meldet sich jemand, der mit Sugar Daddy zu tun hatte. Im Telegram kann man nach Accounts in der Umgebung suchen. Jedenfalls hat sich tatsächlich jemand gemeldet. Eine Mathilde!"

Sein Blick war jetzt triumphierend. Hannah lächelte und nickte anerkennend. Trotz seinem seltsamen berlinerischen Humor und seiner Selbstbeweihräucherung gefiel ihr der Junge.

„Nicht schlecht" lobte sie.

„Mathilde kommt übrigens in einer halben Stunde hier vorbei."

Hannah schrieb *Mathilde* an das Whiteboard.

Eine halbe Stunde später saß Mathilde im Büro der beiden Kommissare. Hannah saß auf ihrem Stuhl, während Mathilde der Stuhl von Jens angeboten wurde. Mathilde hatte ein Nichts an weißem Minirock an, darüber ein hautenges, lilafarbenes Top mit Spaghetti-Trägern und eine kurze weiße Jacke mit aufgebauschten Schultern. Zum Minirock trug sie roséfarbene High Heels Pumps und eine kleine goldfarbene Handtasche. Mit gekonntem Beinüberschlag, der nicht zu viel zeigte, nahm sie gegenüber von Hannah Platz. Jens und Hansi waren von Mathildes Optik sichtlich angetan und stellten sich hinter Hannah für die allerbeste Aussicht. Hannah wusste nicht, ob sie amüsiert oder ärgerlich über die beiden Gockel sein sollte. Sie würden ihnen jedoch nachher bestimmt ein paar Takte zum Thema sagen.

„Hallo Mathilde, ich darf doch Mathilde sagen? Ich weiß auch keinen Nachnamen?"

Hannah schaute nach hinten zu Hansi, der aber auch nur die Schultern hob.

„Ja dürfen Sie. Man voll krass hier, ist das wirklich die Kripo, ich meine so wie im Tatort?"

„Ja wir sind die Kripo."

Mathilde holte eine Zigarette aus ihrer Handtasche.

„Kann ich rauchen?"

„Nein, wir rauchen hier nicht."

Hannah wollte jetzt das Gespräch führen.

„Mathilde vielen Dank, dass Sie Zeit haben. Wir wollen Sie gerne zu einem Telegram Account befragen."

„Ja klar, mach ich gerne. Stand ja in dem neuen Account. Gibt ja auch eine Belohnung!"

„Das machen Sie dann mit dem jungen Mann hinter mir aus".

Hansi wurde etwas blass im Gesicht.

„Nun gut. Der Account Sugar Daddy also. Mathilde, woher kennen sie den Account und was wollte derjenige, der den Account betreibt, von Ihnen?"

Hannah faltete ihre Hände vor ihrem Kinn und Mathilde antwortete gehorsam:

„Also der Sugar-Daddy hat ein Motto in seinem Account. Da steht drin, dass er etwas gibt, wenn man ihm auch etwas gibt. Da habe ich mal hingeschrieben und gefragt, was er meint. Und dann haben wir gechattet. Er hat gesagt, er würde gerne ein junges Mädchen unterstützen und sich mit dem Mädchen treffen. Das haben wir dann auch getan, natürlich an öffentlichen Plätzen, ich bin ja nicht blöd. Wenn das so ein Spinner wäre! War es aber erst mal nicht. Das war eigentlich ein ordentlicher Typ. So ein Geschäftsmann. Immer piekfein gekleidet, tolle Uhr am Handgelenk großer Geländekarren. Gleich beim ersten Treffen hat er mir eine Uhr geschenkt. Die war bestimmt zweihundert Scheine wert. Und er hat mich eingeladen. Also ins Café und so. Wir haben uns unterhalten, nichts Besonderes, normale Sachen, wie, was ich so mache und was er so macht. Manchmal hat er so komisch geredet, so hochtrabend, aber es war okay, nicht unangenehm. Und er hat gesagt, dass er mich gerne weiter unterstützen möchte, also wie ein Sugar-Daddy. Das ist Englisch."

„Ich spreche Englisch. Ein Sugar-Daddy ist der Mäzen einer jungen Dame, welcher gegen regelmäßige finanzielle Zuwendung meist sexuelle Gegenleistung erwartet. Manche sprechen auch von Prostitution."

„Was, nein! Ich bin doch keine Nutte!" Mathilde schien empört zu sein. Hannah legte ihr einen leicht knittrigen Zettel hin, welcher mit *Sugar Daddys Playlist* überschrieben war.

„Kennen Sie diesen Zettel?"

Mathilde erstarrte. Ihre Augen wurden größer.

„Woher haben Sie das?"

„Tut nichts zur Sache. Also Sie kennen das. Das heißt Sie und Sugar Daddy hatten eine sexuelle Beziehung gegen Geld?"

Mathilde knickte ein. Ihre Augen wurden feuchter und ihre Selbstsicherheit brach zusammen wie ein Kartenhaus, wenn die Tür aufgeht. Sie schaute nach unten und nickte leicht.

„Mathilde, wir sind nicht die Sitte. Wir ermitteln in einem Gewaltdelikt. Eigentlich sogar in mehreren.

Hierbei spielt Sugar-Daddy eine Rolle, mehr nicht. Wir geben nichts von dem heute an die Sitte weiter."

Jens und Hansi grinsten feixend hinter Hannah.

„Wenn ihr zwei nicht sofort aufhört, fliegt ihr raus!", herrschte Hannah die beiden an.

Sie wendete sich mit warmer Stimme an Mathilde.

„Mach Dir keine Sorgen Mathilde. Ich bin da und ich bin stark. Okay? Kein Problem. Sag einfach alles. Hat der Kerl Dir was angetan?"

Mathilde schüttelte den Kopf. Ihre Stimme war etwas weinerlich.

"Nein, wie gesagt, der war eigentlich nett. Er hat mir irgendwann diese Liste gegeben und gesagt, dass er das gerne hätte, aber nur wenn ich es auch machen wollte. Dafür gäbe es dann die Belohnung. Ich meine, die ersten Sachen sind ja Standard. Das ist ja nichts Schlimmes. Das habe ich an manchen Samstagen schon umsonst in der Club-Toilette gemacht."

Hansi musste hinter Hannah losprusten. Hannah schnellte herum und erhob drohend den Zeigefinger. Mathilde fuhr ungerührt fort.

"Nur die Punkte weiter unten, die waren nicht so schön. Also eigentlich kenn ich das gar nicht. Bondage? Aber er hat gesagt, das muss ich auch nicht alles machen, nur das, was ich will. Wobei weiter unten gab es natürlich auch richtig Asche!"

Sie schnäuzte in ein Taschentuch, welches Hannah ihr gereicht hatte.

„Ich meine eintausend Euro für ein Wochenende! Für ein bisschen bumsen oder blasen. Das ist schon leichtverdientes Geld!"

Hannah schüttelte den Kopf.

„Nein, Mathilde. Das ist nicht leichtverdient. Viel härter kann man sein Geld nicht verdienen. Wann habt ihr Euch das letzte Mal getroffen?"

„Also das war dann seltsam. Wir wollten uns vor ungefähr einer Woche treffen. Im Wald in Magstadt, da wo wir uns schon mal getroffen haben. Sie wissen schon. Wo es halt etwas versteckt ist."

„Das war beim alten Steinbruch?"

Mathilde nickte.

„Mir war das allerdings letzte Woche unheimlich. Es war schon abends und es wurde langsam dunkel. Ich meine, wer läuft da einfach so in den Wald? Aber Sie können einem ja nicht auf der Königstraße in Stuttgart einen blasen. Oder?"

Hannah war immer mehr erstaunt über die nüchterne und emotionslose Selbstverständlichkeit, mit welcher Mathilde über sexuelle Handlungen sprach.

„Ich meine, ich war ja schon mal da, aber halt tagsüber, nicht abends bei Dämmerung. Ich habe ihm da schon ein runtergeholt, also, das war nicht wirklich neu. Also bin ich da hin."

„Wann war das genau?"

„Am Montag letzte Woche".

„Also der 14. Mai. Wie ging es weiter?"

„Na ich bin dann den Wald hochgelaufen, Richtung Eingang Steinbruch, aber es war schon echt düster. Unten beim Eingang stehen auch viele Bäume und Büsche, man konnte kaum etwas sehen. Und dann war da das Licht."

„Ein Licht?"

„Ja so ein Licht. Wie ein…" sie zögerte „… ein Fahrradlicht. Nicht sehr hell. Ich dachte erst, es wäre Sugar Daddy. Aber das Licht war eigenartig, es hat gar nichts beleuchtet. Ich meine, eine Fahrradlampe leuchtet ja auf den Boden, auf dem man fährt. Dieses Licht hat aber einfach nur geleuchtet. Es war mehr wie ein…" Mathilde musste wieder kurz nachdenken „..das klingt jetzt komisch, aber wie ein fliegendes Licht".

Hannah hob die Augenbrauen und Jens ließ ein leises „ui" hören.

„Was hast Du dann gemacht?"

„Ich habe leise „Hallo" gerufen. Aber dann ging das Licht einfach aus und keiner antwortete. Ich habe mich echt erschrocken. Und plötzlich höre ich so ein Flüstern."

„Hast Du es verstanden?"

„Ja. Die Stimme flüsterte „Hau ab". Können Sie sich das vorstellen? Ich dachte, er wäre das und dann flüstert jemand „Hau ab". Ich bin jedenfalls total in Panik geraten und bin wirklich abgehauen. So schnell bin ich noch nie gelaufen!"

„Was war das für eine Stimme? Eine männliche oder ein weibliche?"

Mathilde überlegte „Ich weiß gar nicht, ob ich das sagen kann. Wenn jemand flüstert, kann man das schwer unterscheiden. Sie war jedenfalls etwas heiser, also eher weiblich?"

„Und weiter?"

„Tja ich bin zu meinem Auto gelaufen, das stand da gleich an der Hölzertalstraße. Ich bin rein und habe kurz überlegt, was ich tue. Aber die Stimme hat ja gesagt „Hau ab". Also habe ich das dann getan."

„Standen da noch andere Autos?"

„Ich glaub schon, ich wüsste aber nicht mehr, welche."

„Als Du daheim warst, hast Du an Sugar Daddy geschrieben?"

„Ja klar, aber ich habe lange überlegt, was. Da war dann schon Mitternacht rum. Ich musste mich erst mal beruhigen. Ich habe ihm geschrieben, was die Scheiße denn soll, ob er ein Rad ab hat! Wenn er das war, dann hat der doch nicht alle. So ein Spinner!

Aber er hat nie geantwortet. Seit jetzt einer Woche hat er nicht geantwortet!"

Hannah nickte, während sich Jens leicht nach vorne beugte. Er fragte:

„Eine Frage zu dem Licht. Sie haben gesagt, es sah aus wie ein fliegendes Licht, was heißt das genau? Hat es sich so hin- und herbewegt, wie wenn einer mit einer Taschenlampe läuft?"

Mathilde überlegte kurz.

„Ja jetzt, wo Sie es sagen, so hat sich das bewegt. Genau so."

Hannah hatte inzwischen ihren Laptop aufgeklappt und die Homepage einer Wirtschaftsprüfer-Sozietät aufgerufen. Der Bildschirm zeigte ein Foto von Günther Maria Reitmaier. Sie drehte den Laptop zu Mathilde und fragte:

„Ist das Sugar-Daddy?"

Mathilde nickte heftig: „Ja".

Hannah nickte zufrieden und stand auf zum Zeichen, dass die Befragung zu Ende ist.

„Was ist denn jetzt mit der Belohnung?" fragte Mathilde.

Hannah drehte sich zu Hansi um und lächelte.

„Das übernimmst Du Hansi. War eine prima Idee von Dir!"

Minuten später saßen die drei wieder ohne Mathilde im Büro. Hansi hatte Mathilde vor die Tür begleitet und ihr erklärt, dass er das Thema Belohnung gerne mit ihr privat besprechen wollte und ein Treffen vorgeschlagen. Überraschenderweise war Mathilde darauf eingegangen, sodass Hansi schon jetzt voller Vorfreude auf dieses Treffen war.

„So, jetzt wissen wir, wer Sugar-Daddy ist: Das erste Opfer Günther Reitmaier. Ein alter, weißer Sack, welcher junge Mädchen mit Geld gefügig macht und dann vernascht." Hannah wirkte empört.

„Schon interessant", merkte Jens an. "Alle Opfer haben irgendwelche kleinere oder größere Delikte auf dem Kerbholz. Der Sugar Daddy hat sich an kleinen Mädchen vergangen, die Hundedame hat ihre Hunde im Wald wildern lassen, der Maximilian May versteckt Drogen und vermüllt den Wald und der Mountainbiker fährt auf Abwegen. Also ich sehe da ein Motiv dahinter."

Alle Drei standen auf und gingen zum Whiteboard.

„Also an den Taten beteiligt war auf alle Fälle Siegfried Steinmeier."

Hannah kreiste den Namen mit rotem Stift ein.

"Der hat uns genau diese Waldsünden aufgezählt. Die Steine im Weg der Mountainbiker hat er bereits zugegeben, einverstanden?"

Die beiden anderen nickten.

„Dann sollten wir uns auf den zweiten Täter konzentrieren."

„Was ist mit dem hier, Maximilian May?" fragte Hansi.

„Der hat auf alle Fälle etwas mit den Drogen zu tun" sagte Jens.

„Und er hat die Hundedame gefunden!"

„Stimmt aber ist er nicht eher Opfer als Täter?"

„Lass uns überlegen", sagte Jens. "Was könnte ihn zum Täter gemacht haben? Ich spinne mal: Maximilian May versteckt die Drogen im Steinbruch. Sugar Daddy kommt ihm in die Quere. Maximilian May überwältigt ihn und setzt ihn auf den Hochsitz? Macht aber alles keinen Sinn. Sugar Daddy wurde wahrscheinlich in seinem Auto überfallen. Dann hätte er aber zu dem Zeitpunkt schon alles zu den Drogen gewusst und nicht mehr Radio gehört. Auch hat der Täter ihm dort schon aufgelauert und vermutlich das Reizgas in den Wagen gelassen. Also ich würde sagen, das war ein gezielter Anschlag auf Sugar Daddy. Aber nicht von Maximilian May. Dann gibt es noch diese Kalkspur, welche Maximilian May als Drogendealer entlarven soll. Das hat er ja bestimmt nicht selber gelegt. Also der May kommt für mich als Täter nicht infrage."

Hannah nickte und kreiste den Namen blau ein.

Dann führte sie die Diskussion fort:

„Dann haben wir noch Malte-Sören. Eindeutig Opfer, auch wenn er einen Hochsitz ansägen wollte. Miriam Dobler ist auch definitiv Opfer und Sugar Daddy auch. Mathilde ist für mich außen vor. Bleibt also nur Siegfried Steinmüller und Unbekannt."

Sagte es und kreiste alle Namen, welche Opfer waren blau ein und schrieb *Unbekannt* an die Tafel.

„Und was ist mit dem hier? Marcus Schroeder?", fragte Hansi und zeigte auf den Namen, der noch ohne Kreis am Whiteboard stand.

„Der war doch mal ein paar Tage in den USA?", fragte Hannah zurück.

„Stimmt für alles kommt er nicht infrage. Aber unterstellen wir mal, Schroeder und Steinmüller wären die beiden Täter. Die Kalkspur könnte Steinmüller allein gelegt haben. In die Zeit, als Marcus Schroeder weg war, fällt neben der Kalkspur noch das Video von der Vermüllung und der Facebookpost. Das Video könnte auch Steinmüller gemacht haben. Die Videodateien schickt er an Marcus Schroeder in den USA und der lädt alles hoch, weil er sich besser auskennt?", sinnierte Jens. „So gesehen ist der Schroeder nicht raus. Vielleicht sollten wir dem seine Alibis für alle Tatzeiten checken."

„Und warum findet er das erste Opfer? Was macht das für einen Sinn? Damit bringt er sich doch nur ins Spiel? Wir wären doch nie auf ihn gekommen. Sugar

Daddy wäre sicherlich auch so gefunden worden und mit der Jäger-Jacke war dem auch nicht zu kalt", gab Hannah zu bedenken.

Jens nickte leicht.

"Das stimmt, das ist nicht logisch."

Er schaute wieder auf die Tafel.

"Wir müssen auch die drei Kreuze einbeziehen. Warum werden diese am Tatort hinterlassen?"

„Sie sollen wahrscheinlich auf den alten Fall hinweisen", antwortete Hannah.

Jens spielte an seiner Unterlippe.

„Und, wenn das eine andere Bedeutung hat?"

„An was denkst Du da?", fragte Hannah.

„Vielleicht sollen die drei Kreuze auch nur das bedeuten, was sie damals bei dem alten Fall bedeuten sollten?"

Hannah schaute Jens kritisch an, sagte aber erst mal nichts.

„Was ist denn mit der Erdhöhle? Oder wie hat der Herr Gerber gesagt, Erdstall?"

Jens schaute Hansi an.

„Hat die KTU da noch Informationen geschickt?"

„Jawohl Herr Feldwebel!", salutierte Hansi. „Also das ist tatsächlich interessant. Erdställe sind angeblich Bauten aus dem Mittelalter oder vielleicht der Renaissance. Dieser Erdstall ist aber jünger. Die KTU schätzt, dass dieses Bauwerk vielleicht sechzig Jahre

179

alt ist. Irgendjemand hatte Spaß daran, das in den Wald zu bauen. Ansonsten war nicht mehr viel. Außer Kerzenwachs hat man nichts mehr gefunden."

Jens und Hannah standen mit verschränkten Armen vor dem Whiteboard.

„Drei Kreuze, Erdstall und dann noch das mysteriöse Licht, das immerhin zwei Personen im oder am Steinbruch gesehen haben" murmelte Jens vor sich hin.

„Na ich würde sagen, das ist der hier" Hannah klopfte auf das Wort *Unbekannt* an der Tafel.

„Sollten wir noch den Geschichten zu den Waldbewohnern nachgehen?", fragte Jens.

„Ha! Und Du meinst da wohnen seit Neuestem Waldgeister im Magstadter Wald? Seit wann bist Du denn unter die Esoteriker gegangen?"

Hannahs Stimme schwankte zwischen Ironie und Gereiztheit.

„So neu wäre es ja gar nicht. Die drei Kreuze wurden schon vor vierzig Jahren im Wald gefunden und der Erdstall soll sechzig Jahre alt sein", sagte Jens trotzig.

„Und überleg mal. Diese Mathilde hat uns nicht nur von einem Licht erzählt, sondern auch von einer Stimme, die eher einen hohen Ton hatte. Also in den Filmen mit Waldgeistern reden die meistens nicht mit einer Bassstimme."

„Jens ist das dein Ernst? Weil es ein Licht gibt, das man nicht erklären kann und irgendjemand mit einer Fistelstimme spricht, fängst Du an, an Geister zu glauben?"

Hannah schüttelte den Kopf.

„Solche mysteriösen Lichterscheinungen gibt es auch woanders, beispielsweise bei uns im Havelland, im Brieselanger Forst", sagte Hansi.

Jens sah ihn erstaunt an und Hannah runzelte zornig die Stirn.

„Was ist das denn?", fragte Jens schnell.

„Bei uns gibt es auch so ein Phänomen mit einem Licht, dass immer wieder gesehen wird. Das ist ziemlich berühmt. Könnt ihr googeln, es heißt das *Licht im Brieselanger Forst.* Da gibt es eine seltsame Geschichte dazu. Ein junges Mädchen soll nach dem Krieg von angetrunkenen sowjetischen Soldaten vergewaltigt und ermordet worden sein und seitdem sieht man das Licht. Und jetzt haltet Euch fest. Der Legende nach soll das Licht die Taschenlampe von dem Vater sein, der sie immer noch sucht. Klingt doch fast wie in unserem Fall. Taschenlampe!"

Hansi schwenkte seinen rechten Arm hin- und her, wie wenn er eine Taschenlampe in der Hand hätte.

„Ach komm jetzt! So ein Nonsens!", protestierte Hannah sichtlich genervt.

Jens war an seinen Laptop gegangen und hatte gegoogelt.

„Der Hansi hat schon recht, die Sage gibt es wirklich", sagte er und öffnete ein Video zu dem Thema. Die beiden anderen stellten sich hinter ihn und alle drei schauten sich das Video *Das unheimliche Licht in Brieselang* des Kanals SKB TV Brandenburg an.

„Schluss jetzt!", sagte Hannah laut und deutlich und klappte Jens den Laptop zu. „Schluss mit dem Hokuspokus! So etwas gibt es nicht hier in Magstadt und vor allem nicht in meinem Fall."

Die beiden Männer schwiegen etwas betreten. Jens starrte nach vorne. Hinter dem jetzt zugeklappten Laptop von Jens lagen die beiden Fotos aus der Mappe des alten Falls. Jens nahm sich das Foto, welches die Familie Müller zeigte.

„Schaut mal hier die beiden Kinder. Das könnte doch auch noch etwas sein. Das Foto ist von 1974 und die beiden Kinder waren damals so zehn Jahre alt. Dann wären die heute Anfang oder Mitte fünfzig. Wir sollten rausbekommen, wo die heute wohnen."

„Und was sollen die Kinder jetzt damit zu tun haben? Die sind doch seit vierzig Jahren woanders? Oder sind das vielleicht die Waldgeister, welche jetzt zurück sind und alte geile Männer und einsame Frauen überfallen?", fragte Hannah immer mehr gereizt.

Jens kratzte sich am Kopf, blieb aber ernsthaft, auch wenn er sich über Hannahs Gereiztheit wunderte. Vielleicht hatte sie empfunden, dass er die hübschen

Beine von Mathilde doch etwas zu lang angeschaut hatte.

„Na ich kenne jetzt auch kein Motiv der Kinder, aber vielleicht können die uns doch noch etwas zum alten Fall sagen?"

„Wenn Du meinst, dann versuch halt herauszubekommen, wo die heute wohnen. Viel Erfolg!", sagte Hannah kurzangebunden bevor sie das Zimmer verlies.

23. Mai – vormittags

Jens saß im Gang auf der Wartebank der Staatsanwaltschaft. Er hatte den ganzen Vormittag mit den Behörden in Oldenburg telefoniert, um den Verbleib der
beiden Kinder von Joseph Müller zu recherchieren.
Das Waisenhaus war inzwischen geschlossen, aber
die Sozial- oder Jugendämter mussten noch Unterla-
gen haben. Als er endlich die Stelle gefunden hatte,
welche potenziell Auskunft geben könnte, erfuhr er
vom Inhalt des § 1758 BGB, dem sogenannten Ausforschungsverbot. Dieses besagt, dass adoptierte Kinder oder deren Pflegeeltern nur aus bestimmten
Gründen ausgeforscht werden dürfen und auch nur
mit deren Einverständnis. Jens hatte noch gar nicht
die Namen der Kinder von Joseph Müller erwähnt,
da hatte ihn die forsche Dame am Telefon bereits auf
das Ausforschungsverbot hingewiesen. Die Gründe
für eine Ausnahme müssten seitens von Behörden
von überragendem öffentlichem Interesse sein und in
seinem Fall von der Staatsanwaltschaft beantragt werden. Also hatte sich Jens noch schnell einen Termin
bei der Staatsanwaltschaft besorgt. Beim Termin mit
dem Staatsanwalt hatte Jens die derzeitigen Ermittlungen zu den Gewaltdelikten im Magstadter Wald
detailliert berichtet und auch seinen Wunsch, die
Kinder von Joseph Müller ausfindig zu machen.

Seinem Argument, dass die Kinder von Joseph Müller weitere Details zu den aktuellen Fällen beisteuern könnten, teilte der Staatsanwalt jedoch nicht.

„Nein, Herr Rammelt, überlegen Sie, was Sie potenziell anrichten. Vielleicht haben diese Kinder mit der Vergangenheit völlig abgeschlossen und haben alles verdrängt. Und jetzt kommen Sie mit nicht einmal einem Verdacht gegen die Kinder und wollen alles wieder aufdecken. Sie wollen alles ausgraben, in der vagen Hoffnung, irgendwas Neues zu erfahren. Können Sie sich vorstellen, was das für einen Schaden anrichten könnte? Sorry, aber das ist kein überragendes öffentliches Interesse. Das ist schlicht nicht verhältnismäßig. So einen Antrag kann ich nur ablehnen. Wenn Sie einen konkreten Tatverdacht gegen eines der Kinder haben, dann dürfen Sie wiederkommen.“

Mit diesen Worten hatte der Staatsanwalt ihn aus dem Zimmer gewiesen. Jetzt saß er auf der Bank und ärgerte sich über den verschwendeten Vormittag. Er stand auf und ging in sein Büro zurück. Auf seinem Schreibtisch lag noch immer die Mappe zu dem alten Fall. Er griff sich diese und blätterte lustlos darin herum. Die beiden Fotos hatte er schon betrachtet und den Bericht auch gelesen. Im Anhang lagen noch Kopien und Abschriften von behördlichen Dokumenten. Das letzte Blatt war ein Fahndungsaufruf der Polizei, wie er zur damaligen Zeit üblicherweise auf

185

jeder Polizeidienststelle, aber auch auf Bahnhöfen oder Flughäfen ausgehängt wurde. Es zeigte ein Ausschnitt des Fotos von Joseph Müllers Familie, auf welchem nur Joseph zu sehen war. Scheinbar gab es damals kein aktuelles Bild mit Joseph allein. Darunter stand mit großen Buchstaben: Gesucht wegen Mordes: Joseph Marcus Elias Müller.

Sein Blick ging nach vorne zum Whiteboard: Marcus Schroeder. Marcus mit einem „c" geschrieben, nicht mit einem „k" wie eigentlich in Deutschland üblich. Er hatte bisher gedacht, das wäre wegen des US-Aufenthalts von Marcus Schroeder so. Aber auch Joseph Müller hieß mit zweitem Namen Marcus. Marcus mit „c" geschrieben. Dem würde er nachgehen.

23. Mai abends

Das Gewitter hatte Magstadt erstaunlicherweise verschont. Den ganzen Nachmittag schon hatten die dunklen Wolken das Firmament im Westen und im Osten bedeckt. Blitze durchzuckten die dunkelblaugrauen Wolken und man hatte das tiefe drohende Grollen des Donners gehört. Aber bis auf wenige Tropfen Regen wurde Magstadt und das angrenzende Hölzertal von dem schweren Sturm verschont, der zweigeteilt von Südwesten durch das Land zog. Siegfried Steinmüller hatte die Gelegenheit genutzt, sobald er erkannte, dass das Gewitter vorbeizog. Er hatte seine Jägerklamotten übergezogen, seine Jagdflinte geschultert und war mit Nero ins Hölzertal gefahren. Jetzt war die Luft kühl und klar. Die Dämmerung hatte eingesetzt und bekanntermaßen waren Dämmerungen die Zeit, an welchem Rot- oder Schwarzwild sich aus der Deckung wagen. Das Auto hatte er an dem Wirtschaftsweg kurz vor dem Hölzersee geparkt und nun lief er Richtung Arboretum in den Wald. Auf dem Forstweg Richtung altem Steinbruch gab es eine lichte Stelle im Wald, an welcher nur junge Birken gepflanzt waren. Diese standen noch in weitem Abstand zueinander und am Ende des lichten Bereiches stand ein Jägerhochsitz, auf welchem er gedachte, heute anzusitzen. Nero lag beim

Ansitzen unter dem Hochsitz und war so gut ausgebildet, dass er auf seinen Herrn dort wartete. Auch ein Büchsenschuss konnte ihn nicht aus der Ruhe bringen. Siegfried Steinmüller stieg die wenigen Stufen auf den Hochsitz empor und richtete sich gemütlich ein. Jetzt endlich konnte er auf die Tiere warten und seine Gedanken sortieren.

Die beiden Ermittler und ihr Verhör hatten ihn nicht nur aufgewühlt, sondern auch besorgt. Er hatte verstanden, dass sie eine Haftprüfung machen und ihm all diese Taten anhängen wollten. Nicht dass er die Taten wirklich schlecht fand. Irgendein Sexbesessener, die Hundeschlampe und die Mountainbiker waren alle genau die richtigen Opfer. Auch das Bürgermeistersöhnchen können sie ruhig hopsnehmen. Die Familie May konnte er sowieso nicht leiden. Das waren keine Magstadter, das waren Karrieristen. Der Vater genauso wie der Sohn. Alle das gleiche Pack! Jedoch war er es einfach nicht gewesen. Er hatte tatsächlich nur diese Steine in den Weg der Mountainbiker gelegt. Und das hatte er schon vor Wochen getan. Ja, natürlich damit diese auch stürzen. Selbstverliebtes und rücksichtsloses Gesindel. Allein schon die Namen der Jungs! Da konnte man nur hoffen, dass die Eltern gleich mit hinfallen. Am meisten hatte ihn aber der Hinweis auf den alten Fall geschockt. Das war jetzt mindestens vierzig Jahre her! Das war verjährt! Er hatte damals doch nur dem Günne ein Alibi gegeben, das nicht stimmte. Obwohl, da war schon mehr, aber das hatte er doch erfolgreich verdrängt. Und er wollte sich auch nicht mehr daran erinnern. An diese ganze beschissene Geschichte damals. Als er dem Günne hinterhergeschlichen war, als dieser vom Hölzersee wegging. Der Günne hatte ja auch laut herumgeschrien „ich such jetzt was zum Ficken und ich weiß auch wo". Siegfried Steinmüller war damals noch wenig erfahren, mit den Damen und Günne war ihm schon ein Vorbild gewesen. Der nahm sich halt alles, was vor die Flinte kam. Die Damen konnten auch deutlich machen, dass sie eigentlich nicht wollten. Das hat den Günne gar nicht interessiert. Der Günne blieb immer so hartnäckig und holte sich meistens seinen Schuss, wenn es sein musste, auch mit Gewalt. Das imponierte ihm schon. Also lief er ihm hinterher und gerade hier, wo er jetzt saß, hatte der Günne die Kräuterhexe vom Joseph getroffen. Günne musste gewusst haben, dass sie hier an jenem Tag Kräuter, Pilze oder Blumen suchte und pflückte. Vielleicht hatte er sie gesehen, als alle Jungs zum Hölzersee zogen. Der Günne hatte gar nicht lang gefackelt. Der ist auf die Eva losgestürmt und hatte sie wie ein brünstiger Hirsch einfach zu Boden gerissen. Siegfried Steinmüller fand damals auch, dass Eva ein geiles Luder war. Mit ihren leichten, manchmal fast durchsichtigen Kleidern, der schneeweißen Haut und der weiblichen Figur. Schlank war die Eva, aber schönes gebärfreudiges Becken und wunderbare Brüste hatte sie, wie kleine reife Äpfel. Sie hatte versucht, sich zu wehren, doch der Günne hatte ihr mehrere Fausthiebe gegen den Hals, das Gesicht und dann noch in den Unterleib versetzt. Als sie dann nur noch röchelnd und aus Mund und Nase blutend am Boden lag, hatte Günne sie auf den Rücken gedreht, den Mund zugehalten und den Rock heruntergerissen. Geifernd hatte er ihr noch die Bluse nach oben geschoben, sodass ihre Brüste blank lagen. Die eine Hand hatte Günne auf ihren Mund gestemmt, sodass sie kaum noch Luft bekam und mit dem anderen Arm hatte er ihr ein Bein nach oben gehoben, damit er in sie eindringen konnte.

„So Du geiles Luder, das willst Du doch auch. Jetzt wirst Du mal richtig gevögelt!"

Irgend so etwas hatte Günne gekeucht. Siegfried Steinmüller ist nur danebengestanden und hatte einen Steifen. Als Günne fertig war, hat er sein Gesicht ganz nah an Evas Gesicht geschoben und zu Eva gesagt:

„Wenn Du das einem erzählst, töte ich deine Kinder! Außerdem glaubt Dir Schlampe sowieso keiner. Die Hure vom Dorfdepp! Ha! Wir sind die Herren in Magstadt!"

Dann ist er aufgestanden, hatte sich beim Hose zu machen zu Siegfried gedreht, eine einladende Geste gemacht und gesagt:

„Na, auch mal abspritzen?"

Und Siegfried war von dem Anblick aufgegeilt gewesen. Da lag die schöne Eva im letzten Licht der Dämmerung, fast splitternackt mit ihrem elfenbeinweiß leuchtenden Körper auf einem moosigen Waldboden. Er hatte sich die Hose heruntergeschoben und bemerkt, dass die Erektion bereits dem Höhepunkt entgegenstrebte. In sie eindringen konnte er nicht mehr, also wollte er auf ihren Körper einfach abladen. Da er oberhalb von ihr stand, entlud sich seine Ejakulation auf ihr Gesicht. Aber als er den Höhepunkt hinter sich hatte, empfand er all das nicht mehr als schönen Anblick. Evas Gesicht war von den üblen Schlägen von Günne bereits blau und grün angeschwollen und sie konnte auch nicht mehr richtig aus den Augen schauen. Sie lag röchelnd auf dem Boden und bewegte sich kaum.

„Los jetzt, die steht schon wieder auf, wahrscheinlich hat es ihr sogar gefallen", hatte Günne noch gesagt und ihn am Genick gepackt.

Er konnte ja nicht wissen, dass die Eva gleich sterben würde. Die hätte ja mitmachen können. Mit dem Joseph hatte die doch bestimmt nicht so viel Spaß. Zwei junge Männer, die es ihr Mal richtig besorgen würden, wäre doch auch für sie mal eine Abwechslung gewesen. Blöde Kuh!

Aber als es den Günne dann erwischt hat, da hat er Blut und Wasser geschwitzt. Der Joseph war ein Kriegsveteran und konnte einen Menschen wahrscheinlich auf zwanzig verschiedene Arten umbringen. Warum er Siegfried, davongekommen ist, hatte er nie verstanden. Vielleicht hatte Eva ihn einfach nicht erkannt. Jedenfalls war es bis heute sein Geheimnis und keiner konnte ihm hier etwas nachweisen. Warum also sollte jetzt einer kommen und ihn verfolgen! Warum sollte es jetzt einer wissen und vor allem, wer sollte es wissen?

Er lehnte sich entspannt zurück und genoss den Wald. Die Jagd hatte ihn wieder zum Mann gemacht. Seit er jagte, fühlt er sich stark.

„Ha!" rief er in den dämmrigen Wald. „Da kannst Du ruhig kommen!"

Er griff nach seinem Repetiergewehr Mauser M12 das neben ihm lag und küsste dessen Lauf.

„Jeder, der uns ans Leder will, dem geben wir beide einen kleinen Gruß, nicht meine Süße?"

Dann schaute er nach Nero, der unter dem Hochstand lag und scheinbar schlief. Was war denn mit dem Hund los?

„Hey, Großer! Aufwachen", zischte er nach unten. Doch der Hund bewegte sich nicht. Er schüttelte den

Kopf und überlegte, ob er kurz heruntersteigen sollte. Plötzlich verspürte er einen leichten stechenden Schmerz im Nacken. Er schlug nach seinem Hals und rieb irgendetwas von seinem Hals weg.

„Scheiß Moskitos!", dachte er nur.

24. Mai vormittags

Das Polizeiabsperrband flatterte leicht im Wind. Es sperrte den Weg zum alten Steinbruch von oben ab. Unten vor dem Eingang des alten Steinbruchs war auch ein Band angebracht worden. Seit die Nordic Walking Gruppe „Lauf-Mamas Magstadt" beim Notruf angerufen hatte, sind knapp zwei Stunden vergangen. Die Damen hatten aufgeregt berichtet, dass ein Jäger kopfüber von seinem Hochsitz hängen würde. Die Rettungskräfte hatten Siegfried Steinmüller leblos aufgefunden. Ein herbeieilender Notarzt erkannte, dass Siegfried Steinmüller schon seit Stunden tot sein musste. Die Retter hatten die Polizei informiert und diese dann Hannah und Jens.

Siegfried Steinmüller lag unter einer Plane vor dem Hochsitz. Die Retter hatten ihn vom Hochsitz genommen, um seine Letalfunktionen zu prüfen. Unter dem Hochsitz lag eine weitere kleinere Plane. Jens fragte einen der Polizeibeamten der KTU, was denn unter der kleinen Plane liegt.

„Das ist der Hund des Jägers. Scheinbar haben die beiden gleichzeitig das Zeitliche gesegnet."

„Echt jetzt? Der Hund ist auch tot?"

Der Beamte nickte.

„Den Hund nehmt ihr bitte auch mit. Das ist ja verdächtig."

„Schon eingeplant."

Jens wendete sich Hannah zu, die vor der abgedeckten Leiche von Siegfried Steinmüller stand.

„Da liegt er nun unser bisher einziger Verdächtiger" brummte Jens.

Hannah nickte.

„Dass er nicht der einzige Verdächtige ist, war uns ja schon klar."

„Ich wette, er wurde umgebracht. Dass der Hund gleichzeitig an einem Herzinfarkt stirbt, wäre ein zu großer Zufall."

Hannah nickte wieder.

„Kann sein, wird uns die KTU sagen."

„Wo sind die drei Kreuze?", fragte Jens.

„Guter Punkt, ich habe noch keine gesehen", antwortete Hannah. "Lass uns suchen. Es wäre erstaunlich, wenn hier keine wären."

Die beiden Ermittler begannen den Waldboden abzusuchen. Da die KTU bereits den Hochstand in Augenschein genommen hatte, erweiterten sie den Suchradius. Nach einer halben Stunde trafen sie sich oben am Rande des alten Steinbruchs.

„Ich habe bisher nichts gefunden", sagte Jens zu Hannah.

„Ich auch nicht", antwortete Hannah. „Lass uns in den Steinbruch runter gehen, da ist ja das Epizentrum der Taten. Vielleicht finden wir da etwas."

Jens nickte.

„Gute Idee".

Im Steinbruch wendete sich Hannah nach rechts in Richtung des aufgefundenen Erdstalls.

„Vielleicht da hinten bei dem Loch", sagte sie.

Als beide dem Erdloch näherkamen, sahen sie zwei rote Grabkerzen mit goldfarbenen Deckeln vor dem Loch stehen, eins davon links und eins rechts neben dem Eingang. Sekunden später standen sie vor dem Loch und konnten trotz des Tageslichtes erkennen, dass die Kerzen noch brannten.

„Ich glaube, wir haben etwas gefunden", sagte Jens.

„Lass uns rein gehen", sagte Hannah.

Sagte es und ließ sich mit den Füßen voran gekonnt in das Schlupfloch des Erdstalls hineingleiten. Jens stöhnte, da er befürchtete, aufgrund seiner Größe gar nicht durch das Loch zu kommen. Dennoch wagte er es und es funktionierte, auch wenn es eng war. Allerdings musste er unten auf allen vieren krabbeln, um sich bewegen zu können, während Hannah wie eine Ente watschelte. Die Lichtschächte an der Seite des großen Raums ließen nur wenig Tageslicht herab und Jens kramte nach seinem Handy, um dieses als Taschenlampe zu benutzen. Er leuchtete den Raum entlang bis zu dem kleineren hinteren Raum. Jetzt konnte man gut erkennen, dass etwas auf dem Boden des kleinen Raums geschrieben stand. Es war mit schwarzer Asche oder schwarzem Staub auf dem Boden aufgetragen. Zuerst war da ein großes Kreuz, wie in einer Kirche. Darunter stand ein Name: Eva. Und darunter waren drei Kreuze.

24. Mai kurz vor Mitternacht

Sie liefen beide jetzt ein Tempo von vielleicht fünf Minuten und dreißig Sekunden pro Kilometer. Das war für beide ein sportliches Tempo, aber keiner würde bei diesem Tempo übersäuern. Sie waren den ganzen Magstadter Wald bis zum Hölzersee gelaufen und befanden sich jetzt auf dem Rückweg über die Hütte unterhalb der Autobahnraststätte. Im Ganzen dürfte es eine Runde von vielleicht zwölf Kilometer werden. Ihre Autos standen oben am Tennisplatz und sie hatten sich, wie immer, wenn sie in der Nacht und ohne Licht liefen, erst mal getroffen und dreißig Minuten an die Dunkelheit gewöhnt. Man durfte nicht vor elf Uhr nachts loslaufen, da die Resthelligkeit sonst zu stark war und man sich nicht an die Dunkelheit gewöhnen konnte. Doch wenn man sich einmal daran gewöhnt hatte, war es erstaunlich, wieviel man noch erkennen konnte. Der Mond, das Restlicht der Städte oder auch nur die Sterne spendeten meist genug Licht, um den Weg noch zu erkennen und durch den Wald zu joggen.

Er hatte seine Schwester schon lange vor seiner Rückkehr nach Deutschland gesucht. Es war nicht einfach gewesen, da die Adoptionsinformationen nur mit der Zustimmung von den Betroffenen herausgegeben wurden. Aber er war sich sicher gewesen, dass seine

Schwester ihn auch wieder sehen wollte. Das Wiedersehen war unbeschreiblich schön gewesen. Sie hatten sich lange in den Armen gelegen, als wären sie nicht mit knapp 11 Jahren voneinander getrennt worden. Er hatte das Gefühl, als wäre seine Schwester immer da und nicht vierzig Jahre von ihm getrennt gewesen. Mit seinem Umzug nach Deutschland hatten sie sich nicht mehr nur sporadisch in den Urlauben getroffen. Sie trafen sich seitdem mindestens jeden zweiten Tag und lebten die geschwisterliche Zweisamkeit, welche nur Zwillinge leben. Sie tauschten alles Private und Intime miteinander aus, lebten ihre Sportlichkeit gemeinsam oder planten Urlaube zusammen. Da auch beide keinen festen Partner hatten, sondern meist für die fleischliche Lust temporäre Lebensgefährten, gab es auch keinerlei Eifersüchteleien, welche sonderlich beachtet werden mussten. Wenn sie zu zweit unterwegs waren, konnte man ob ihrer Vertrautheit auch denken, dass die beiden ein Paar waren.

Marcus hörte das Stakkato der Schritte seiner Schwester, er hörte ihren Atem und roch ihren sportlichen Schweißgeruch. All das erinnerte ihn an früher, an die Zeiten, als sie diese kleine Familie waren, die aufgrund ihrer Eigenarten immer Außenseiter in der Dorfgemeinschaft, aber genau deswegen so eng verbunden war. Papa hatte immer ein Auge auf alle und alles gehabt, hatte dafür gesorgt, dass es allen gut ging. Und Papa liebte Mama, er liebte sie abgöttisch. Mama und Papa waren wie ein einzelner Mensch, der auf zwei Personen aufgeteilt war. Sie hatten dieselben Gedanken, sie hatten dieselben Gefühle, sie lachten über die gleichen Dinge und sie weinten über die gleichen Dinge. Wenn sie sich berührten, ging eine magische Energie durch ihre Körper und ihre Umgebung. Marcus und seine Schwester wollten immer so sein wie die beiden. Das Magische, das Mystische, dass ihre Eltern lebten, das hatte auch Marcus und seine Schwester in den Bann gezogen. Papa hatte diese Mystik aus dem Krieg mitgebracht. Er hatte ihnen seine Geschichte erzählt, welche ihm in diesem grausamen und unmenschlichen Krieg widerfahren war. Und er hatte ihnen nicht nur die Geschichte erzählt, sondern auch gezeigt, was er aus Österreich mitgebracht hatte: seinen Helfer, seinen Freund und Waldgeist, den Krampus. Wobei, der Krampus war immer nur da, wenn der Papa von ihm erzählte oder ihn rief. Wenn sie alle zu viert im alten Steinbruch saßen und ein Feuer gemacht hatten. Papa hatte jedem ein Stück Schokolade gegeben. Die besondere Schokolade, die er hier im Wald versteckt hatte. Dann tanzten der Papa und die Mama um das Feuer und der Krampus erschien und tanzte in den Schatten der Bäume. Dann hörten die staunenden Kinder nicht nur das Rauschen der Blätter und Zweige, sondern auch das hohe Flüstern und Wispern des Krampusses. Sie hörten, wie der Papa mit ihm sprach und die Mama ihren Sing-Sang anstimmte, um ihn zu besingen. Danach lagen sie in der Erdhöhle, welche der Papa mit dem Krampus gebaut hatte. Sie kuschelten sich zusammen wie eine Familie von Nagetieren im Winterschlaf und der Krampus wachte über sie. Wobei der Krampus in Österreich ganz verrufen ist. Er sei der Gehörnte, der Schrecken zu Weihnachten, der alle straft, welche im Jahr gesündigt haben. Dass er Krallen hätte und im stinkenden Schafsfell herumliefe. Ha! Ja, der Krampus konnte auch schrecklich sein, das stimmt schon. Aber er war nur schrecklich mit schrecklichen Menschen. Mit ehrlichen, reinen Menschen wie dem Papa war der Krampus nicht schrecklich. Da war er ein Freund und Helfer, ein Bruder, auf den man sich verlassen konnte. Aber auch ein Bruder, der mit einem in die Vergeltung zog. So wie bei dem Mörder von Mama. Nach ihrem Tod war Papa nicht mehr der gleiche Mensch gewesen. Es hatte so gewirkt, als ob man aus einer elektrischen Maschine den Stecker gezogen hätte. Doch irgendwann kam der Krampus und hatte sich am Grab der Mama mit dem Papa unterhalten. Tagelang haben sie dort gesessen und sich unterhalten. Und dann hatten sie die Mama gerächt. Auge um Auge, das hat der

Krampus gesagt und Papa und der Krampus haben es gemeinsam vollbracht. Den Mörder hatte Mama noch erkannt und dem Papa den Namen sagen können. Und sie hatte gesagt, dass da noch ein Zweiter war, aber sie hatte nicht mehr gewusst, wer. In den Wochen nach der Bestrafung, in denen Papa und der Krampus mit Marcus und seiner Schwester im Wald in der Erdhöhle gelebt haben, hatte der Papa geschworen, dass er den anderen noch finden wird. Dieser hatte das gleiche Schicksal verdient wie der Mörder. Doch die vielen Polizisten im Wald haben alles unmöglich gemacht. Also hat der Papa entschieden, dass die Kinder wieder zu den Menschen sollten. Und er hatte gesagt, dass sie sich nie wieder sehen werden. Marcus und seine Schwester haben tagelang geheult. Doch es hatte nichts genutzt. Der Papa hatte sie beide immer wieder in den Arm genommen und gesagt, dass es nicht schlimm ist. Dass er zur Mama gehen werde und mit ihr zusammen sein wird und dass der Krampus ihm helfen wird. Nicht hier im Magstadter Wald, aber da, wo der Krampus herkommt. Wo die Leute im Wald alle mehr wissen als hier in Magstadt. Und dass der Krampus danach zurückkehren wird. Zurückkehren und ihnen den Kindern helfen wird. Er wird helfen, den Schwur, den der Papa geleistet hatte, zu erfüllen. Er und seine Schwester müssen ihn erfüllen, da der Papa es nicht mehr konnte. Das war natürlich eine Bürde und eine Last. Sie waren ja erst Kinder und es wird nicht gleich geschehen können. Aber der Papa wusste, dass er sich auf seine beiden Lieblinge verlassen könnte. Dass die Kinder nie etwas von alledem sagen werden.

Marcus und seine Schwester wurden leider getrennt, als sie von verschiedenen Adoptiveltern adoptiert wurden. Da hat man in den 70er-Jahren wenig Federlesen gemacht. Hauptsache die Kinder kamen irgendwo unter. Die neuen Eltern von Marcus waren gute Menschen. Aber sie zogen später mit ihm in die USA und er sah seine Schwester viele Jahre nicht mehr. Er kämpfte jahrelang mit seinen Gedanken und stürzte sich in ein normales Leben. Er studierte, machte Karriere in der Pharmabranche und verdiente viel Geld. Er erzählte niemals jemanden von dem Schwur, nicht seinen Adoptiveltern und nicht seinen vielen wechselnden Partnerinnen. Und irgendwann wusste er, dass es nur enden wird, wenn er den Schwur vollbringen würde. Wenn sie beide den Schwur vollbringen würden.

Und auch seine Schwester hatte den Schwur nie vergessen und sehr bald nach ihrem ersten Wiedersehen hatten sie darüber gesprochen. Es war keine einfache Diskussion gewesen und beide hatten Zweifel und Bedenken. Doch beide hatten auch gewusst, dass sie es erfüllen mussten. Und beide hatten auch gewusst, dass der Krampus auf sie wartete, hier im Magstadter Wald.

Also hatten sie ihre Pläne gemacht. Sie hatte aus ihren drei Vornamen den Rufnamen ändern lassen und er hatte den Namen des Großvaters Marcus gewählt. Bei dem Nachnamen trugen sie bereits den Namen der Adoptiveltern. Dann sind beide in die Nähe von Magstadt gezogen. Sie waren unauffällig und haben sich nie gemeinsam in der Öffentlichkeit in Magstadt oder der Umgebung sehen lassen. Wenn sie sich trafen, dann nur im Dunkeln im Wald. Sie sind wieder in die Erdhöhle gelegen, eng umschlungen wie früher mit Mama und Papa. Sie haben wieder Feuer gemacht im Steinbruch und sie haben gemeinsam die Lieder der Mama gesungen. Marcus hatte Schokolade verteilt, so wie früher der Papa. Und plötzlich war er da, der Krampus. Plötzlich sah man ihn in dem tanzenden Schatten der Bäume, plötzlich hörten sie sein hohes heiseres Krächzen und Marcus und seine Schwester waren erfüllt von seiner Kraft. Der Krampus hatte ihnen eingeflüstert, dass sie nicht nur den Schwur erfüllen werden. Dass er auch die vielen Sünder im Wald bestrafen wird und Marcus und seine Schwester sein Werkzeug sein werden. Die Leute müssen erkennen, dass sie den Wald nicht so missbrauchen dürfen. Den Wald muss man schonen, man muss ihn als Lebewesen im Ganzen begreifen. Und wenn das Werk getan ist, dann wird der zweite Täter zur Rechenschaft gezogen! Vorher mussten sie noch herausfinden, wer der zweite Mörder war, und dann wird es vollbracht. Also haben sie lange Jahre recherchiert, vorsichtig Informationen gesammelt, mit Leuten möglichst unverdächtig gesprochen. Irgendwann haben sie erkannt, dass es Siegfried Steinmüller gewesen sein musste. Dann haben sie den Krampus gerufen und seinen Plan umgesetzt.

Als Erstes haben sie mit dem Mann angefangen, welcher sich von jungen Frauen befriedigen ließ. Sie haben in Wochen lang beobachtet, nachdem er ausgerechnet den Steinbruch als sein „Pleasure Dom" ausgewählt hatte. Narkosegase oder Schlafmittel waren für Marcus leicht zu besorgen gewesen, die mobile Tätowier-Nadel schon schwerer. Alles hatte wie geplant funktioniert. Das Mädchen hatte sich beim Anblick des Auges des Krampusses und seinem schrillen Flüstern sofort geängstigt und war verschwunden. Der feiste Kerl hatte vergeblich im Steinbruch gewartet, voller Vorfreude auf die Befriedigung seiner Lust. Aber das gab Ihnen die Zeit, sein Auto vorzubereiten. Als er endlich einstieg, war er in Sekunden weggetreten. Sie hatten ihn alle gemeinsam vom Steinbruch weggeschafft und an diesen Hochsitz gebunden, gut geschützt gegen die Kälte, er sollte ja nicht sterben. Die drei Kreuze waren Papas Zeichen. Das Zeichen, das hier der Krampus wohnt. Gab es nicht etwas Besseres für einen Fleischfreuden-Lüstling, als diese Bestrafung in das eigene Fleisch? Und ja, diese drei Kreuze waren auch eine Warnung. Eine Warnung an alle, dass ab jetzt der Wald nicht mehr für kleine und große Verbrechen genutzt wird! Dass er der Krampus über den Wald wacht! Und als letzte Warnung an den zweiten Täter. Den zweiten Täter, der in diesem Wald ein und ausging, als wäre es sein Wald. Der Mountainbiker Steine in den Weg legte und sich aufführte, als wäre er ein reiner Mensch. Das war er nicht. Er war kein reiner Mensch, er war eine Bestie! Eine Bestie, die eine hilflose Frau vergewaltigt und liegen gelassen hatte. Auge um Auge! Sie werden ihn finden und sie werden ihn töten!

Dass Marcus beim ersten Opfer am Morgen vorbeigeschaut hatte und auch die Polizei gerufen hatte, war Teil des Planes. Er wollte bei den Ermittlungen dabei sein, gegebenenfalls diese mit beeinflussen können. Seine Schwester war erst dagegen gewesen und dachte, er bringe sich damit unnötig in Gefahr. Doch das tat er nicht. Da er diese USA Reise geplant hatte und in der Zwischenzeit seine Schwester und der Krampus die Pläne verfolgen konnten, hatte er ein perfektes Alibi. Die Polizei war von ihm als Täter nie überzeugt gewesen.

Beim zweiten Opfer war es schon viel leichter gewesen. Die Frau mit den Hunden war ständig darauf aus, nicht gesehen zu werden. Also hatten sie die Schranke an dem Wirtschaftsweg geöffnet, in der Hoffnung, dass sie die Chance nutzt, um weiter weg von der Straße zu parken. Und sie tat ihnen den Gefallen. Es war so einfach. Die Hunde tobten im Wald und wurden schnell eingefangen. Und als sie zurück zum Auto kam, um auf ihre Hunde zu warten, war sie genauso schnell betäubt wie der Lüstling am Tag zuvor. Fast wären sie noch entdeckt worden, da der Bürgermeistersohn wenige Minuten, nachdem er die Kreuze ins Auto gehauen hatte, den Weg herunterkam. Aber so wurde die Frau schnell gefunden, was auch gut war.

Den Bürgermeistersohn mit seinen Drogen, welche er ausgerechnet in dem alten Eiskeller von Papa lagerte, wollten sie auch bestrafen. Das gemeinsame Vorglühen am Hölzersee zelebrierte Maximilian May immer wieder, also war es ein leichtes, ihm dort abends aufzulauern und alles zu dokumentieren. Perfekt war, dass Marcus just dann in den USA weilte, so konnte es seine Schwester erledigen, während er ein Alibi hatte. Das Video hatte er in den USA in einem öffentlichen Café hochgeladen, während seine Schwester die Kalkspur zog.

Bei den Mountainbikern hatten sie ungewollte Unterstützung. Siegfried Steinmüller hatte all die Steine in deren Wege gelegt, also hatte er nur das Schild aufgestellt, um die Biker dort hinzulotsen. Eigentlich dachte er, dass die Biker über die Steine stolpern werden, aber irgendwas hatte dem ersten Biker das Vorderrad blockiert. Vielleicht war es ein Stöckchen, das er selbst aufgewirbelt hat, vielleicht war es der Krampus, der heiser lachend im Steinbruch unten wartete. Jedenfalls war der Sturz heftig genug und sie werteten diesen als ausreichend für ihre Strafaktion.

Und endlich kam der letzte Teil. Der Teil, der auch der Schwierigste war. Sie mussten einen Menschen töten! Zwar einen Menschen, welcher den Tod ihrer Mutter mitverschuldet hatte, aber es war immer noch ein Mensch. Alle anderen Opfer wurden nur bestraft, aber lebten weiter. Doch dieses Opfer musste sterben und es war sowohl für Marcus als auch für seine Schwester ein schweres Unterfangen. Denn sie waren reine Menschen und reine Menschen sollen nicht töten. Schon in der Bibel steht es so. Das fünfte Gebot! Du sollst nicht töten. Aber es heißt eben nicht "Du darfst nicht töten". Und manchmal musste man töten. Auge um Auge.

Sie hatten eine Art gewählt, welche gut im Wald durchzuführen war und welche das Opfer nicht zu lange leiden ließ. Als Experte in der Pharmabranche hatte Marcus ausreichend Kenntnis über Betäubungsmittel oder hochwirksame Gifte. Calebassen-Curare, welches aus Brechnüssen gewonnen wird, war die Lösung. Es enthält ein Alkaloid namens Toxiferin und ist hoch toxisch mit schneller Wirkung. Sobald es in die Blutbahn gelangt, führt es schnell zu einer Atemlähmung. Man wird bewusstlos und erstickt. Dieses Gift haben in Südamerika die indigenen Völker zur Jagd benutzt. Ein wenig von dem Gift wurde auf einen Pfeil geschmiert und dieser mit Blasrohren verschossen. Er hatte sich eine 152 cm lange Blow Gun, mit welcher man 60 Meter weit kleine Nadelpfeile verschießen konnte, besorgt und wochenlang damit geübt, auf eine solche Entfernung gut zu treffen.

Leider musste er auch den Hund töten, aber er war seinem Herrchen zu treu und hätte Marcus beim Heranschleichen an den Hochsitz verraten. Als er den ersten Pfeil auf den Hund schoss, war es noch einfacher gewesen, da er den Hund am ganzen Körper treffen konnte. Doch bei Siegfried Steinmüller musste er den Nacken erwischen. Er hatte sich sehr nahe herangeschlichen. Ganz langsam und geräuschlos, wie er es mit Papa lange geübt und nie vergessen hatte. Als er auf vielleicht zwanzig Metern heran war, war er sich sicher, dass er ihn im Nacken treffen würde.

Jetzt also war es getan. Seit gestern Abend war es getan! Und heute hatten sie sich wieder verabredet. Sie joggten durch den Wald, der wieder freier war und sie spürten, dass der Krampus mit Ihnen rannte. Als sie an den Tennisplätzen angelangt waren, verharrten sie einen Moment schweigsam und Händchen haltend nebeneinander. Dann umarmte Marcus seine Schwester und küsste sie auf die Stirn.

"Das war es Liebes, das war es. Wir haben es erledigt!"

"Ja, Marcus, das haben wir. Jetzt sind wir frei! Ich bin so froh!"

"Ich auch!"

"Schlaf gut, Marcus!"

"Schlaf gut, Hannah!"

25. Mai morgens

Um Punkt sieben Uhr drückte Jens auf die Kaffeemaschine im Büro. Er war heute sehr früh aufgewacht. Der Tod von Siegfried Steinmüller hatte ihn gestern doch mitgenommen. Bisher war bei den Taten niemand gestorben, aber das wäre eine neue Dimension. Das wäre ein Mord. Wobei er noch die Ergebnisse der KTU abwarten musste. Er ging immer noch davon aus, dass Steinmüller bei den Taten beteiligt gewesen war. Warum er jetzt getötet worden sein soll, konnte er sich nicht erklären. Hoffentlich war es doch nur ein Unfall oder schlicht Herzversagen. „Oder er hat sich an den Waldgeistern erschrocken", murmelte er laut vor sich hin und musste dabei lachen. Eigenartigerweise ließ ihn der Gedanke an übernatürliche Phänomene nicht los. Einige der Schilderungen waren ihm nicht erklärlich. Er war nicht der Esoteriker, dazu war er zu aufgeklärt, aber er hätte sowohl für die Erdhöhle als auch die Lichter gerne sinnvolle Erklärungen. Auch wenn Hannah sich über ihn lustig machte, war Jens doch so offen, sich auch Geschichten über mysteriöse und nicht einfach zu erklärende Ereignisse mal anzuhören. Er dachte noch mal an den Museumsdirektor in Magstadt. Dieser hatte den Eindruck gemacht, als hätte er gerne noch mehr über seine damaligen Recherchen berichtet. Aufgrund der ablehnenden Haltung von Jens und Hannah hatte er wohl davon abgesehen. Jens beschloss den Direktor noch mal anzurufen.

Um sieben Uhr dreißig wurde Jens vom Läuten des Telefons aufgeschreckt. Er und Hannah hatten eine gemeinsame Linie, daher wusste er nicht, ob jemand für ihn oder für Hannah anrief.

„Hallo, hier spricht Kriminaloberkommissar Rammelt."

„Guten Morgen hier spricht Hans Gerber aus Magstadt."

„Hallo Herr Gerber, können Sie Gedanken lesen?", fragte Jens erstaunt.

„Äh-nein. Guten Morgen. Ich rufe an, weil ich Frau Schön sprechen wollte?"

„Geht leider noch nicht, Frau Schön ist noch nicht da, sie kommt meist auch nicht vor neun Uhr", antwortete Jens. "Aber super, dass ich Sie dran habe. Ich wollte mit Ihnen noch mal über Ihre damaligen Recherchen sprechen."

„Oh, das ist aber schön".

Hans Gruber war sichtlich entzückt und hatte wohl schon vergessen, warum er angerufen hatte.

„Meine Frage betrifft die österreichische Sage, welche sie damals recherchiert haben."

„Die „guten Leutlein"?"

„Ja genau. Ich hätte hierzu ein paar Fragen. Haben Sie Zeit, mir hier zu helfen?"

„Aber natürlich. Sehr gerne. Wenn das für die Ermittlungen wichtig ist."

„Meine erste Frage wäre, ob Sie die Existenz dieser Leute für möglich halten und wenn ja, was das für Leute sind."

„Tja lieber Herr Kommissar, das ist gleich die schwerste Frage am Anfang. Bei dieser, aber auch bei vielen anderen Sagen, handelt es sich wie meist bei Sagen um eine Vielzahl unterschiedlicher Geschichten, welche über Jahrzehnte oder Jahrhunderte zu einer Sage zusammengeführt wurden. Meist ist ein identischer Kern in der Geschichte dafür verantwortlich, dass eine solche Sage entsteht. Bei den „guten Leutlein" würde ich sagen, war der gemeinsame Kern, dass es sich um kleinwüchsige Waldbewohner handeln soll. Diese Bewohner sollen sehr naturnah leben und zu anderen Menschen kontaktscheu sein. Wenn wir aber ehrlich sind, trifft das auf kauzige Einsiedler genauso zu wie auf Geister, Trolle oder Feen. An was Sie glauben wollen, hängt wohl davon ab, was Sie für möglich halten."

„Interessant. Was glauben Sie denn? Halten Sie übernatürliche Wesen für möglich?"

„Eine interessante Frage. Ich fang mal mit einer Antwort aus der aufgeklärten Naturwissenschaft an. Die

Existenz von Geistern widerspricht dem zweiten Hauptsatz der Thermodynamik. Dieser besagt unter anderem, dass die Gesamtentropie eines geschlossenen Systems mit der Zeit zunimmt. Nachdem Geister offenbar nicht aus Materie, sondern aus einer Art Energie bestehen, müssten sie diese durch ihre Aktivität, – also ihre Bewegung, ihr gruseliges Leuchten oder ihre Spukgeräusche – allmählich abbauen. Ein derartiges Wesen müsste sich demnach früher oder später selbst auflösen."

Jens fühlte sich an seinen Physikunterricht vor zwanzig Jahren erinnert und er stellte fest, dass er immer noch keinen Zugang zu Physik hatte.

„Das ist mir, ehrlich gesagt, etwas zu hoch, Herr Gerber. Ich würde es einfacher sagen. Geister und Spukgeschichten sind wichtig für Menschen, welche wenig Wissen haben. Seit die Naturwissenschaft dominiert, braucht man keine übernatürlichen Wesen mehr, um den Lauf der Welt zu erklären. Jetzt gibt es wissenschaftliche Erkenntnisse, um die Welt zu erklären."

„Da stelle ich Ihnen eine Gegenfrage, Herr Kommissar."

Er hatte sich offensichtlich den Nachnamen von Jens nicht gemerkt.

„Sind Sie gläubig?"

Jens war erstaunt über die Frage, beantwortete aber wahrheitsgemäß:

„Ich bin nicht mehr in der Kirche, wenn Sie das meinen."

„Aber Sie sind noch ein Christ?"

„Na ja, ein bisschen schon noch. Vielleicht bin ich am ehesten Agnostiker."

„Gut gehen wir mal davon aus, Sie sind noch gläubiger Christ. An was glauben Sie dann? Schauen Sie mal in das christliche Glaubensbekenntnis. Sie glauben dann nämlich an den Heiligen Geist, an die Jungfrau Maria, die Auferstehung der Toten und so weiter. Alles keine naturwissenschaftlich erklärbare Phänomene, oder?"

„Da haben Sie recht."

„Also ca. 2,3 Milliarden Christen, vermutlich noch mal so viel Muslime und jede Menge Hindus, bekennen, an Übernatürliches zu glauben. Große wichtige christliche Institutionen, wie die katholische Kirche oder der Papst, bestimmen mit bei großen gesellschaftlichen Fragen und erklären uns die Welt. Sie sagen also, all diese Leute wissen nicht wovon sie sprechen und verfallen einem Irrglauben, welcher wissenschaftlich schon längst widerlegt ist? Selbst Sie bezeichnen sich als Agnostiker, also als ein Mensch, der nicht an die Existenz Gottes glauben kann, aber auch nicht erklären kann, dass es Gott nicht gibt, sondern lieber sagt - ich weiß es nicht. Und warum soll ich dann wissen, ob es etwas wie die „guten Leutlein" gibt?"

Jens musste zugeben, dass Hans Gerber schlüssig argumentieren konnte. Hans Gerber sprach weiter.

„Aber ich kann Ihnen nicht sicher sagen, was Joseph damals in Österreich erlebt hat. Wenn Sie mich fragen, würde ich sagen, dass er im Wald in Österreich Hilfe hatte um sich zu verstecken, wer auch immer das war."

„Halten Sie es für möglich, dass jemand von diesen Leuten mit Joseph Müller zusammen hier nach Magstadt kam?"

„Das war damals auch mein Gedanke. Aber bedenken Sie, Joseph war Kriegsveteran. Ich glaube, wir können uns heute nicht mehr vorstellen, was für Gräuel diese Menschen erleben mussten. Das haben die meisten nur mit härtesten Drogen wie Pervitin ausgehalten. Vielleicht kam Joseph doch allein und hatte einfach nur Wahnvorstellungen. Wir werden es nicht mehr erfahren."

Jens schwieg für ein paar Sekunden und ließ die Worte von Hans Gerber bei sich wirken.

„War es das?", fragte Hans Gerber.

„Ja von meiner Seite aus war es das. Was wollten Sie denn Frau Schön mitteilen?"

„Ah ja. Gut, ich kann das auch Ihnen sagen. Frau Schön sagte mir das Letzte mal, wenn mir noch etwas ein- oder auffallen sollte, dürfte ich mich bei ihr melden. Und jetzt ist mir etwas aufgefallen. Also, ich war gestern Abend auf dem Friedhof in Magstadt. Auf unserem Familiengrab einfach nur nach dem Rechten sehen, man muss ja vorsorgen. Aber da ist mir eingefallen, dass das Grab von Eva Müller auch noch da ist. Also bin ich da vorbeigelaufen. Und da ist mir aufgefallen, dass das Grab noch gepflegt wird. Außerdem standen zwei brennende Grablichter darauf."

Jens war aufgestanden.

„Verstehe. Das ist in der Tat wichtig. Sie sagen also, das Grab wird noch betreut. Wissen Sie von wem?"

„In Deutschland gibt es bei Gräbern die Ruhezeiten. Die gehen meist zwanzig Jahre. Danach werden Angehörige gefragt, ob sie das Grab verlängern wollen, zum Beispiel wegen eines Familiengrabs, so wie bei mir."

„Das heißt es gibt noch Angehörige, welche das Grab verlängert haben?"

„Soweit ich weiß, waren die Kinder die einzigen Angehörigen der Müllers. Ich würde sagen, dass eines der Kinder das Grab verlängert hat."

Jetzt war Jens hellwach. Sein Blick fiel auf das Whiteboard und den Namen von Marcus Schroeder.

„Herr Gruber, Joseph hatte mehrere Vornamen. Joseph Marcus Elias. Wissen Sie davon?"

„Ja, Joseph trug auch die Namen seines Vaters und seines Großvaters, das war damals bei vielen Familien üblich."

„War das auch bei den Kindern der Fall?"

Hans Gerber musste überlegen.

„Könnte sein, bin ich mir nicht sicher, wir kannten nur einen Vornamen, Frank und Karin. Aber das können Sie bestimmt im Standesamt herausfinden."

„Und bei Eva? Hatte die auch mehrere Namen?"

„Bestimmt. Auf dem Grab stehen mehrere Namen, wahrscheinlich auch die von ihrer Mutter und ihrer Großmutter. Ich habe mir die Namen aber nicht gemerkt."

„Herr Gerber, vielen Dank, Sie haben mir wirklich geholfen."

Dreißig Minuten später war Jens am Friedhof in Magstadt. Er hatte ein Post-it an Hannah mit der Nachricht „bin in Magstadt" geschrieben und an ihren PC geheftet. Zunächst war er zum Standesamt gefahren, musste aber feststellen, dass dieses erst um neun Uhr aufmacht. Also fuhr er auf den Friedhof, um das Grab von Eva zu suchen. Leider hatte er vergessen, Hans Gerber zu fragen, wo sich dieses befindet. Fündig wurde er links der Mitte des Friedhofs.

Dort standen unter großen Kiefern noch vereinzelte Grabsteine älteren Datums und auf einem brannten noch immer zwei Grabkerzen. Das musste es sein. Jens marschierte mit großen Schritten zum Grab und las die Inschrift:

Hier ruht
Eva Hannah Maria Müller
geborene Brandstetter

Er stand mit großen Augen und wirren Gedanken vor dem Grab.
Eva Hannah Maria?
Sein Mobiltelefon klingelte. Er schaute auf das Display. Es zeigte nur einen Namen:
Hannah.

-Ende-

Danksagung

Wenn ein Buch veröffentlicht wird, dann steht der Autor immer im Vordergrund. Das ist nicht ganz fair, da meist auch andere bei der Erstellung eines Buches mithelfen.

An erster Stelle möchte ich die Beste aller Ehefrauen **Carmen Jennert-Löhlein** nennen. Carmen hat nicht nur ertragen, wie ich mitten in der Nacht mit dem Ausruf „Ich habe eine Idee!" von dem Ehebett aufgestanden und an den Computer gesessen bin, sondern sie hat auch das erste Lektorat und das erste Korrektorat übernommen. Sollte dennoch ein verschachtelter Satz übriggeblieben sein, dann liegt das an der schieren Vielzahl solcher Sätze in meinem ersten Entwurf, welche Carmen auseinandernehmen musste, um diese in lesbare Sätze zu zerkleinern.

Des Weiteren möchte ich **Sylvia Bäuerle** und **Simone Frank** für ihre Rückmeldungen und sachliche Kritik danken, welche unheimlich wertvoll war und mich bezüglich meiner Geschichte sehr bestärkt hat.

Ein besonderer Dank geht auch an meinen Sohn **Philipp Löhlein**. Philipp, der eigentlich kein passionierter Leser ist, hat das Probeexemplar im Urlaub in nur einem Tag durchgelesen.

Auch allen anderen, die mir bewusst oder unbewusst Hinweise für meine Geschichte gegeben haben, sei hier nochmals herzlich gedankt!

Magstadt im August 2021
Jochen Löhlein
www.jochenloehlein.de

Quellenverzeichnis

Die Sage zu den guten Leutlein:
http://www.sagen.at/texte/sagen/oesterreich/kaernten/Graber/gute_leutlen.html

Die drei Kreuze:
http://www.sagen.at/doku/hda/waldgeister.html

Balkankrieg der Wehrmacht:
https://de.wikipedia.org/wiki/Heeresgruppe_E

Anonymen E-Mail Account erstellen:
https://praxistipps.chip.de/anonymen-email-account-erstellen-so-gehts_33545

„Jäger-Latein":
https://www.jaegerschmiede.de/jagdausbildung_das_richtige/

Das Brieselanger Licht:
https://www.youtube.com/watch?v=gZaMHtXGZz0